DOMINIQUE FERNANDEZ

La Gloire du paria

ROMAN

GRASSET

LA GLOIRE DU PARIA

Fils de Ramon Fernandez, Dominique Fernandez est né à Paris en 1929. Ecole Normale Supérieure, agrégation d'italien. Nommé professeur à l'Institut français de Naples en 1957, il fut quelques mois plus tard suspendu de ses cours par les autorités françaises et renvoyé en France parce qu'il avait fait sur Roger Vailland une conférence qui manquait de caractère « officiel ». Il partage maintenant son temps entre la littérature et l'enseignement. Inventeur de la « psychobiographie », méthode d'interprétation psychanalytique qui met en parallèle une vie et une œuvre.
De Porporino ou les mystères de Naples *(Prix Médicis 1974) a été tiré un opéra joué au Festival d'Aix-en Provence de 1979. Il donne régulièrement des articles au* Nouvel Observateur, *à* Opéra international.
Dominique Fernandez a obtenu le Prix Goncourt 1982 pour son roman Dans la main de l'ange *et le Grand Prix littéraire de Monaco 1986 pour l'ensemble de son œuvre. En janvier 1987, son opéra* Le Rapt de Perséphone, *sur une musique d'André Bon, a été créé au grand théâtre de Nancy.*

« ... Le mariage est une affaire, notre couple sera une œuvre d'art. Avant même de commencer, nous nous serons remis en question. Tu vois la différence, l'énorme différence avec les autres ? Jamais de repos, pour nous, jamais de certitude. Jamais de possession l'un par l'autre. « Tu es à moi », « je t'appartiens », jamais de ça, entre nous. Nous sommes nés avec cette blessure au flanc... »
Un amour que ne traverse aucun obstacle a-t-il droit au nom d'amour ? La souffrance n'est-elle pas la garantie de l'authenticité des passions ? Le monde moderne, en refusant la douleur, s'est privé du moyen de les vivre en profondeur et en beauté. Bernard et Marc croyaient avoir atteint l'un par l'autre la plénitude humaine. Ils découvrent, à travers la tragédie qui les frappe, la dimension mythique de leur amour.

Paru dans Le Livre de Poche :

PORPORINO OU LES MYSTÈRES DE NAPLES.
MÈRE MÉDITERRANÉE.
L'ÉTOILE ROSE.
DANS LA MAIN DE L'ANGE.
L'AMOUR.

1

MAURICE COIGNARD! Le héros de Londres! Un des plus anciens compagnons du Général! L'homme qui, le 2 juin 1942, s'était fait parachuter en Auvergne! Il avait organisé un des premiers maquis!

« Eh bien? » demanda Marc tranquillement, sans lever les yeux de son journal, tandis que Bernard agitait le sien, de l'autre côté de la table basse où chaque soir après le travail – sage mesure pour éviter de commencer la journée farcis d'informations du monde entier – ils parcouraient le courrier et les abonnements déposés dans l'entrée par Mme Rinquintin.

« Il volait! On l'a pincé en flagrant délit! »

L'exclamation fréquente peut être le signe d'une nature spontanée, primesautière, naïve; ou au contraire l'indice d'une véhémence invisible qui explose après une longue fermentation : comme les fumées qui empanachent le volcan diffèrent des vapeurs matinales dissipées par le premier soleil. Les deux tempéraments s'étaient croisés dans la personne de Bernard, toujours prompt à s'enflammer, au grand amusement de son ami. Un pêcheur sicilien leur avait dit qu'au large de Portopalo, les espadons, quand resplendit la pleine lune, arrivent par enthousiasme à se soulever au-dessus de la mer.

Marc avait vingt-cinq ans, Bernard presque le double, et pourtant c'était lui, l'aîné, qui se laissait emporter par sa fougue – ou quelque impulsion, effervescence, obscur travail du dedans. Qui l'avait empêché de rassir et le gardait dans une jeunesse étonnante pour un homme de quarante-cinq ans. Pas un pouce de graisse, le ventre plat, une silhouette droite, juvénile. Et cette mèche ! Pas un cheveu en moins, à quarante-cinq ans.

« Cette vieille Biquette », pensait Marc, qui en profitait pour se permettre un léger embonpoint. « Mais non, se reprit-il, *basta* de ces surnoms. On n'a plus le droit aujourd'hui. Là – il rapprocha de ses yeux la photographie lisérée de noir en première page de son *Libé* – se trouve le signe que nous devons changer nos habitudes. Ce qui est mort est mort. »

C'était l'heure où le rayon du soleil atteignait le dernier pot de géraniums à gauche sur le balcon. Par la fenêtre ouverte, on entendait la vendeuse de primeurs qui, pour liquider ses salades, offrait deux laitues pour trois francs. Sa voix montait, par une succession de paliers mélodieux, jusqu'à une explosion criarde qui s'apaisait en murmure volubile si une cliente s'approchait. Puis la mélopée s'élevait derechef et, par bonds de plus en plus véhéments, gagnait un nouveau paroxysme. Une autre passante, obtempérant à la sommation, sortait trois pièces de son porte-monnaie. Tant que le stock n'était pas écoulé, les chuchotements insidieux alternaient avec les admonestations dramatiques, et les semonces comminatoires avec les cajoleries susurrées.

Théâtre de la rue, auquel Bernard eût prêté comme les autres soirs une oreille charmée, sans l'excitation de cette nouvelle où Marc ne comprenait goutte. Il aurait eu, à son tour, envie de commenter le journal, mais l'événement qui captivait le jeune homme semblait n'avoir même pas retenu l'attention de Bernard.

« Maurice Coignard en prison! Tu te rends compte! Ratonne, mais tu ne me dis rien! »

« Ratonne » aurait voulu dire qu'il fallait en finir avec ce sobriquet, après la grande nouvelle étalée à la une de tous les quotidiens, même du canard plus à droite qui avait la préférence de Bernard. Mais, de tempérament paisible, il jugea inutile de s'énerver. Renoncer à s'appeler entre eux « Biquette » et « Ratonne »... non, cela n'irait pas sans remous, explications, complications de toute sorte. Pour montrer sa bonne volonté, il reprit son *Libé* et tourna les pages à la recherche d'un écho sur Maurice Coignard.

L'entrefilet était relégué en huitième, juste avant les sports. *Un ancien ministre du général de Gaulle arrêté pour vol à main armée.*

« Evidemment! Avec un pareil titre, la nouvelle n'a plus aucun intérêt, fit Bernard.

– Coignard n'a-t-il pas été ministre à la Libération?

– Pendant quelques semaines. Mais ce n'est pas l'arrestation d'un ministre qui m'épate. Ton journal a tellement peur d'attacher de l'importance à un fait divers qu'il rate le cas le plus sensationnel de l'année. Trois pages sur Jean Genet, n'importe qui pourrait les faire, et tout le monde les a tartinées, d'ailleurs. Mais les affaires Coignard, la gauche les ratera toujours.

– Peuh! Un ancien ministre du Vieux...

– Je m'en fous qu'il ait été ministre! Cliché de la gauche pour éviter de sonder les mobiles de l'individu! L'histoire s'écrit avec les faits divers, non avec les courants de l'idéologie. Coignard, dès 1942, s'est fait parachuter, il a organisé un maquis en Auvergne. Est-ce que ton canard le dit, ça?

– *Maurice Coignard, ancien résistant, ancien ministre...*

– Ce n'est pas la même chose! Pourquoi est-il resté si peu de temps ministre?

– Dissensions politiques, Biquette.

– Tu veux me faire marcher, ma petite Ratonne.

– Et toi, Biquette, je te vois venir. Après deux ans de rude vie en Auvergne, avec les paysans du Livradois, les lambris dorés de l'hôtel de Soubise ne pouvaient que l'écœurer, ton Coignard. »

Bernard, dépité, se mordit les lèvres. Présenter les choses ainsi, opposer la « rude vie » des mangeurs de lard aux « lambris dorés » des résidences ministérielles, c'était souligner, en effet, la misère d'une certaine psychologie et justifier les répugnances de la gauche. L'affaire Coignard tenait trop à cœur à Bernard pour qu'il s'avouât vaincu.

« Tu as envie de me parler de Jean Genet, de sa mort dans un petit hôtel... »

Marc acquiesça d'un sourire.

« ... Mais d'abord je veux avoir ton point de vue. Pendant quarante ans, Coignard a vécu d'escroqueries, après avoir été un véritable héros. Sur ce point, il n'y a pas de doute. Il a sauté en parachute, ce qu'un autre ministre de de Gaulle, beaucoup plus important et devenu un grand personnage de la Ve République, n'a pas eu le courage de faire, à l'époque. Et il a fondé un maquis, prenant des risques personnels énormes, traqué par les Allemands, sa tête mise à prix, échappant vingt fois à la mort. Après quoi, sauf son bref passage au ministère, le voilà qui disparaît de l'histoire officielle. On le perd de vue, on oublie son nom, jusqu'au jour où, arrêté pour vol à main armée dans le Mammouth de Chartres, on découvre que, depuis quarante ans, il vivait de moyens véreux, en petit truand, sous de faux noms, changeant d'adresse, contrefaisant son état civil. N'est-ce pas extraordinaire ?

– Si tu veux mon sentiment, Bernard, c'est que, *primo*, entre héros et bandit il n'y a pas grande différence. Le général de Gaulle ne regardait pas à deux fois avant d'expédier en France qui acceptait d'y risquer sa peau. « Malheureux les pays qui ont besoin de héros... »

– Ah ! non, Marc ! Nous n'en sommes plus ni à citer Brecht, ni même à éprouver le besoin de critiquer Brecht. Cette gauche-là, tu es d'accord pour dire qu'elle est morte ?

– D'accord ! dit Marc en riant.

– Et *secundo* ?

– *Secundo*, c'est que la justice en France est pourrie. Tu ne vas pas nous faire croire que depuis quarante ans on n'avait pas surpris les trafics du sieur Coignard. Mais voilà : un ancien ministre, on passait l'éponge. Faux chèques, recels, chantages, ce n'était pas assez pour déclencher le scandale et ternir l'image du Vieux. La nouvelle gauche est un peu molle, je trouve, de ne pas asticoter par là. Au fond, elle a raison. Qui s'en tracasse, aujourd'hui, du Vieux, de son image et de ses ministres ? A bas la nostalgie ! »

Bernard, d'abord agacé de voir que son ami ne prenait l'affaire Coignard que par des détails, de petits côtés, jugea que lui-même s'emportait un peu vite. Trop jeune pour avoir vécu l'épopée de la guerre et de la Résistance, les histoires du maquis ne l'intéressaient guère jusqu'à présent.

« Je crois, reprit-il en s'efforçant de garder un

ton calme, que lorsqu'on a été quelque temps dans la clandestinité, il est difficile de se réadapter à la vie quotidienne. Voilà ce qui me passionne dans ce cas. Imagine un homme qui, forcé de se cacher pendant deux ans, risquant à tout moment d'être dénoncé, ne pouvant dormir que d'une oreille... eh bien, cet homme est soudain libre. Non seulement il est libre, mais victorieux. Il a gagné, la cause pour laquelle il s'est battu, pour laquelle il a enduré la faim, le froid, la solitude, pour laquelle il s'est coupé des siens, pour laquelle il a exposé sa vie, cette cause a triomphé. Lui alors... Mais pourquoi me regardes-tu comme ça, Ratonne? »

Marc avait planté les coudes sur ses genoux et appuyé le menton sur ses deux mains croisées. Sans relever la question, il scrutait les yeux bleus de son ami.

« Toujours mon travers d'être trop éloquent, de m'emballer, tout seul! Tu sais pourtant que la rhétorique de la Résistance me paraît aussi bête qu'à toi. Dans Coignard, je vois celui qui n'a pu se résigner à n'être plus clandestin. Tout à coup, le grand jour, la victoire, la reconnaissance officielle! Comment faire lorsqu'on a joui à fond du privilège de vivre à part, d'agir en secret, de ne sortir que la nuit? Comment accepter d'être admis, fêté, adulé? Coignard n'a pas supporté ce passage de l'ombre à la lumière. Lui, le traqué, le persécuté, dépouillé brusquement de l'auréole qui s'attache aux proscrits... Tomber d'un coup dans le banal de la vie quotidienne... N'avoir plus rien qui le distingue... Pareil aux autres! Finies les délices de la crainte, de l'angoisse! Jusqu'au jour où, ramassant par hasard un carnet de chèques égaré, cet homme, qui a reçu l'éducation honnête d'un bourgeois du Ve arrondissement, est saisi d'une tentation invincible. Avec une fausse signature, pouvoir réintégrer la famille des hors-la-loi ! Il lutte d'abord, il résiste; mais la tentation augmente. L'appel du prestige perdu.

– La sirène qui chante du fond de l'obscurité.

– Tu te moques encore, Ratonne ! Imagine que tu aies vécu dans la stimulation, dans l'excitation du danger. Pourrais-tu comme ça, du jour au lendemain, rouvrir tranquillement ta porte et te promener dans la rue ? Des faux chèques, Coignard sera passé aux vols directs. Il se sera accointé avec de vrais filous. Et, à nouveau, avec eux, les habitudes, les affres, les voluptés de la clandestinité. L'attente de la police... qui ne se montrait pas, peut-être pour les raisons que tu as dites. Enfin, le pas décisif, ce vol à main armée, pour lequel on ne pouvait pas ne pas l'arrêter. Mais tu ne dois pas croire qu'il regrette d'en être arrivé là. L'arrestation, la prison, le procès, surtout la honte publique et la réprobation du monde, voilà ce qu'il attendait secrètement depuis quarante ans. Messieurs les juges, ne le frustrez pas de sa récompense. Psychiatres, soyez moins sots que d'habitude, n'essayez pas de le comprendre, de l'excuser. Que personne ne le blanchisse de cette tache ! Laissez-le dans le noir de sa honte ! Le criminel de droit commun rejoint le héros du maquis, l'homme retrouve son unité profonde. »

Marc décroisa enfin ses mains, releva la tête et demanda simplement :

« La honte ? Maurice Coignard ne se sentait-il pas plutôt fier de combattre dans le maquis ? Pourquoi as-tu dit la honte ? »

Interdit, Bernard remua les lèvres sans réussir à articuler un son. Il balbutia :

« Tu as raison... Je me suis trompé... Pourtant, au fond de ce que j'ai dit, il y a un " sentiment ".

Un “ sentiment ” qui est juste. Zut, je n'arrive pas à m'expliquer. »

Marc resta un moment sans répondre. Un râle de victoire, montant par la fenêtre ouverte, leur annonça que la maraîchère s'était débarrassée de sa dernière laitue. Qu'il était beau de l'entendre, avec son vibrato véhément, clamer dans le calme du soir la splendeur feuillue de ses salades!

2

« CELUI-LÀ, fit Marc en frappant du poing sur la photographie de Jean Genet qui remplissait la première page de son journal, celui-là aurait pu t'éclairer. »

Les rumeurs vespérales des volets qu'on claque et des rideaux de fer qu'on tire couraient du haut en bas de la rue de Douchy, où les deux amis avaient emménagé depuis peu, dans un petit appartement qui leur plaisait beaucoup plus que leur ancien domicile du VIe arrondissement. Plus populaire, plus vrai, le IXe, pas de boutiques de fringues, pas de restos pour touristes. De beaux immeubles en pierre de taille des années 1850, à peine décatis par l'incurie ou l'insuffisance de moyens des propriétaires. Ces façades écaillées avaient beaucoup de charme. Un seul étage possédait un balcon, comme au temps des hôtels particuliers. Bernard et Marc vivaient au deuxième, celui du balcon, mais c'était moins le plaisir de faire pousser du chèvrefeuille et d'arroser leurs géraniums qui les attachait à leur nouveau logis, que le sentiment d'habiter, comme s'ils étaient à Palerme, le *piano nobile*.

Un balcon à chaque étage, fi ! Démagogie bourgeoise, vulgarité de parvenus ! Ici, vieilles maisons, mais population jeune. Les abords du Luxembourg fourmillaient d'étudiants, mais ce n'étaient que des jeunes de passage, qui attendaient leurs diplômes, la permission d'être adultes. Rue Ballu, rue Blanche, rue de Douai, rue Fontaine explosaient de vraie jeunesse : garçons ébouriffés, sans avenir, gais, serviables, vivant au jour le jour. De quoi ravir les deux amis, qui se plaisantaient sur leurs rencontres et se racontaient les regards échangés, les mines fières, la beauté fruste de costauds qui ne sortaient manifestement qu'avec des filles.

Que la Société des Auteurs et Compositeurs dramatiques eût son siège rue Ballu, à deux pas, voilà qui avait, pour Bernard, constitué un attrait supplémentaire. Il se disait : « Moi qui cherche à écrire une pièce, n'est-ce pas un encouragement ? » Auteur de romans, il voulait se mettre au théâtre.

Moue de leurs amis et connaissances.

Xavier : « Si tu te casses la gueule, ce sera terrible ! » Sophie et Julien : « Un bide au théâtre ne pardonne pas. » La fidèle Nicole : « Ton beau style ! Brader ainsi ton beau style ! » La chute d'une pièce est sans appel, c'était vrai. Un livre, on ne sait jamais quel sera son destin. Les articles s'échelonnent sur plusieurs semaines, les lecteurs le lisent chacun dans son coin, ils l'ouvrent et le referment à leur guise, ils peuvent en parler ici ou là, le vanter, lui amener d'autres lecteurs, le public s'élargit ainsi, lentement et en silence, et puis, même en cas d'insuccès, le livre reste, on pourra le rechercher un jour dans les librairies, dans les bibliothèques. Tandis que la pièce, si elle tombe, elle s'écrase pour ne plus se relever. Les critiques paraissent, toutes ensemble, le lendemain matin. On retire la pièce, elle disparaît, elle n'existe plus, on ne l'imprime même pas.

Bernard avait pesé ses capacités de résistance à l'échec. Il fallait un cœur solide pour assister à la première de sa pièce, serrer ensuite les mains consternées des amis, exultantes des jaloux. Il resterait chez lui, ce soir-là. Mais renoncer à tenter l'aventure ? La seule idée de manquer de courage l'aurait poussé à risquer, pile ou face, sa réputation d'écrivain. Ses amis, au fond, craignaient de ne pas savoir quelle mine lui faire en cas de fiasco. Céderait-il à leur pusillanimité ? Il claironna bien fort qu'il s'installait rue de Douchy à cause de la proximité de la S.A.C.D., pour déposer plus vite son manuscrit.

Rue Ballu, S.A.C.D. : l'effet se révéla magique. « C'est un signe ! » s'écrièrent ceux-là mêmes qui lui avaient déconseillé le théâtre. « Dans ce cas... », reconnut Nicole, fanatique du « beau style » du romancier Bernard Morin. Cette coïncidence les troublait, comme une métaphore inédite. Xavier, l'homme au carnet d'adresses le mieux rempli de la capitale, qui comptait dans ses relations trois directeurs de théâtre, promit de trouver la salle et de mobiliser le Tout-Paris. Sophie et Julien : « Nous disions ça pour dire, mais, puisque sans le vouloir tu as trouvé à te loger par là, dans le quartier des théâtres... » Bernard aurait pu se dépiter de les voir tous lui faire confiance à cause d'un simple hasard, après avoir mis en doute ses capacités de dramaturge. Il se rappela qu'on est toujours seul, surtout quand on écrit, qu'on se donne à une œuvre. Exhortations ou mises en garde, c'est fumée au vent.

Le « signe » eut une autre utilité, encore. Il suspendit sur les lèvres des amis la commisération toute prête à y poindre, parce que Bernard et Marc, congédiés de la rue du Four à l'expiration de leur bail, chassés du VIe par la libération des loyers, avaient dû s'expatrier dans un arrondissement moins cher. Le « signe » rachetait ce déclassement apparent : sujet de gorges chaudes pour les deux amis, qui avaient cru eux aussi qu'il n'y a point de salut hors de la rive gauche, et qui découvraient avec ravissement les charmes cent fois supérieurs de leur quartier.

Un peu plus haut : Pigalle. Bernard et Marc y avaient pensé tous les deux, mais sans en parler l'un à l'autre. Marc laissait libre Bernard – article sacré de leur pacte –, cependant il n'aurait pas aimé habiter du côté des Tuileries ou des Halles. Pigalle, c'était comme un repoussoir, le domaine des autres, la zone à eux interdite, la protection de leur intimité. Les deux putains qui logeaient à trois numéros de leur maison venaient justement de sortir de chez elles, en direction de la rue Blanche. On entendait leur bavardage, le bruit sec de leurs talons pointus. Elles s'interrompirent pour engueuler le vitrier. Il leur barrait le trottoir en manœuvrant son camion.

Marc continuait à scruter son ami. Cette apologie de Maurice Coignard et des jouissances de la clandestinité ne lui disait rien de bon. Bernard n'arriverait-il jamais à oublier qu'il avait été jeune à une époque encore très difficile pour des gens comme eux, mais à présent révolue?

« Ou plutôt, reprit le jeune homme, c'est sa mort qui doit t'éclairer. Avec Jean Genet, s'éteint non seulement un écrivain, un individu. Plusieurs siècles de l'histoire de l'humanité finissent aujourd'hui. Il était resté le seul de son espèce. Tout ce dont il parle et qui fait la force de ses livres n'existe plus en réalité.

– Tu as l'air content qu'il soit mort.

– J'ai envie de dire « Ouf », en effet. Genet est le dernier témoin de l'époque où le choix de certaines mœurs te vouait presque obligatoirement à la révolte, à la délinquance, au mal. Son génie a consisté à faire flamboyer une dernière fois les magiques associations du sexe et du sang, de l'amour et de la mort, de la beauté et de la malédiction. Mais, du point de vue historique, Bernard, c'est un génie attardé, le poète d'un monde disparu. Si des circonstances personnelles expliquent qu'il n'ait jamais pu accepter sa condition d'enfant trouvé, de bâtard, de souffre-douleur des hospices, ni toi ni moi, aucun de nos amis, personne n'a plus le droit de se croire, maintenant, un rebut de la société, un paria. Jean Genet est mort, rendons-lui hommage pour son génie, mais osons dire qu'il se trompe, que sa philosophie est radicalement erronée. »

Marc, contrairement à son habitude, s'était échauffé. Dans cette accueillante petite rue de Douchy, où les voisins non seulement toléraient leur couple, mais le trouvaient plus « gentil » que beaucoup d'autres, Bernard continuerait-il à traîner la nostalgie du temps où il avait dû raser les murs, se contenter d'aventures furtives avec des individus plus ou moins sûrs, et se conduire, en somme, la comparaison ne semblait pas exagérée, même si les lecteurs du *Quotidien de Paris* se fussent récriés devant un tel rapprochement, comme un héros de la Résistance ? N'était-il pas heureux de pouvoir vivre au grand jour, avec l'être aimé, comme n'importe qui ?

Non, il n'a pas l'air heureux, se dit Marc, l'affaire Coignard ravive en lui l'illusion qu'il y a plus de style, plus de beauté, plus de noblesse et de gloire à vivre caché, en rupture de ban, qu'au vu et su de tous. Cette franc-maçonnerie de l'ombre, elle le tient encore, elle le reprend de temps à autre. De sa jeunesse, renfermée et anxieuse, il n'est pas complètement affranchi. Sa chevelure reste intacte, sa silhouette mince, mais là, par ce goût du secret, il montre son âge.

« Jean Genet, conclut Marc, n'a plus rien à nous dire. Ses valeurs ne sont plus actuelles.

– Alors, objecta Bernard, si tout va de soi aujourd'hui, si tout est facile, cela veut-il dire qu'on n'écrira plus de beaux livres?

– Peut-être. Jean Genet s'est arrêté d'écrire le jour où il s'est aperçu que ce qu'il avait vécu comme une transgression était devenu banal, à portée de tout le monde. Désormais, il ne violait plus aucune règle, il n'enfreignait aucune loi. Il n'était plus rien. Vidé de sa douleur, de son soufre, son propre cas ne l'intéressait plus.

– N'est-ce pas terrible, ma petite Ratonne? »

Marc parut agacé.

« Voudrais-tu, reprit-il en faisant un effort sur lui-même, que l'adultère fût encore matière de scandale et d'opprobre, seulement pour rendre possible une nouvelle *Madame Bovary*?

– Ratonne, tu déplaces le problème.

– D'abord, cesse de m'appeler Ratonne. Ç'avait l'air anodin, de nous appeler ainsi Biquette, Ratonne, mais je n'aime pas, au fond, ces sobriquets. Ils traînent un relent de dérision. Celui qui se respecte n'a pas à s'affubler de ses momeries. C'est accepter le mépris des autres que de porter un surnom pour rire.

– L'humour...

– L'humour lui-même, notre humour en tout cas, n'était qu'un moyen de protection. Si je t'appelle Biquette, je désarme le rire des autres, je désamorce le vieux fond de mépris que tu conserves à l'égard de toi-même. C'est tout cela qu'il faut changer. Nous ne sommes pas des créatures ridicules, à mi-chemin de l'homme et de la femme. Pour continuer à nous appeler Biquette et Ratonne, il faudrait admettre que nous avons je ne sais quelle honte à couvrir au fond de nous. Et tant pis pour la poésie, pour la littérature, tant pis même pour Notre-Dame des Fleurs. Ce lyrisme exagéré, ce n'était que l'envers de la boue. Jean Genet se complaisait dans la conscience de son infamie. Il n'y a plus de boue, plus d'infamie, Bernard. Tu n'es pas une folle, tu es Bernard. Bernard que j'estime, que j'admire.

– Tu n'as pas dit : " que j'aime ".

– Exprès.

– Exprès pour que je te mendie une papouille? Tiens, tu crois que je vais rester toute la soirée à contempler les géraniums sur le balcon, en me disant : " Mon Dieu! comme il les a bien arrosés! Quelle chance de vivre avec un type pareil! "

– Ecoute, Bernard. T'ai-je jamais empêché de sortir? Tu n'as pas besoin de me faire une scène pour te donner la permission d'y aller. Vas-y, si...

– Si quoi, je te prie?

– Rien. Sors, mais...

– " Mais ne rentre pas trop tard! " Si je ne te devine pas, mon petit Marc! Tu ne voudrais pas que je rentre tard, mais tu voudrais encore moins que je m'en aille en claquant la porte, énervé parce que tu acceptes si mal que j'aie besoin de sortir! »

3

Resté seul, Marc se dirigea vers la cuisine, ouvrit le réfrigérateur, en tira deux œufs, trois tomates et la barquette de margarine pour se mitonner un plat de sa façon. Sa main ne tremblait pas quand il frotta l'allumette et l'approcha du fourneau, les œufs furent cassés sans une bavure, il opérait avec calme et précision. A croire qu'il avait vu sortir sans le moindre serrement de cœur l'ami dont il partageait depuis trois ans la vie et qui, à peine arrivé à destination, se posterait aux aguets dans la foule, à moins qu'il n'allât descendre les quelques marches qui mènent au Fox ou à La Farandole.

Le jeune homme n'a-t-il donc aucune fierté ? Ne se rend-il pas compte du caractère déplaisant qu'a pris leur liaison ? Justifie-t-il sa lâcheté par l'extension universelle du laxisme ? Ou fait-il passer, avant les satisfactions de l'amour, le plaisir de déguster un bon plat, dans cette cuisine coquettement arrangée dont la garniture de carreaux de Delft, briqués de sa propre main, festonne de champs de tulipes et de moulins à vent le pourtour du fourneau ?

Rien de tout cela. Marc n'est ni une autruche, ni un inconscient, ni un matérialiste. Simplement, il connaît assez Bernard pour savoir que son ami rentrera à la maison d'ici une heure ou deux sans avoir été infidèle autrement qu'en imagination. Il sera descendu dans les sous-sols du Fox pour se jouer la comédie de l'échangisme, et n'aura arpenté de long en large les abords du drugstore que pour se dire qu'il est prêt à l'aventure et nullement casanier.

« Pauvre Bernard », soupira Marc avec un sourire de tendresse, tandis qu'il versait un filet de vin rouge dans la poêle et ajoutait à la mixture des croûtons aromatisés.

Avoir eu dix-huit ans en 1958, Bernard en resterait-il marqué pour la vie? Impossible, à cette époque, de se confier, ni à ses camarades ni à ses professeurs. A ses parents, encore moins. M. Morin enseignait le français dans un lycée. Mme Morin travaillait dans une grande librairie du Quartier latin. Le fils se souvenait des conversations à table sur Rimbaud, sur Verlaine, sur Balzac. Jamais le moindre mot qui aurait pu tirer du mystère les discours de Vautrin, le coup de pistolet de Bruxelles. Lui-même serait mort de honte avant d'aborder la question. Sujet tabou. Il se considérait comme un anormal, un taré. Quelques expériences, sordides, le confirmèrent dans la haine, et le dégoût de son corps. A l'étranger, pendant les grandes vacances, dans des pays où il n'était pas connu et où on ne parlait pas la langue de son père et de sa mère, il aurait pu découvrir la fausseté, la nocivité de son éducation familiale. Mais, précisément parce que ces aventures plus libres, plus heureuses, avaient eu lieu en dehors de son milieu habituel, en marge de ce qu'il croyait être sa vraie existence, il les tint pour nulles et non avenues. Rentré à Paris, il reprenait le joug : silence, refoulement, abstention. Sous la suspension qui se balançait au plafond, on regardait des reproductions de statues de Phidias ou de Praxitèle. La mère, assise dans son fauteuil à la lisière du halo, relisait Proust pour la troisième fois, appelant son fils pour lui lire à haute voix la scène du baiser d'Albertine.

Tableau rabâché de la misère sexuelle, en ces temps qui semblaient préhistoriques à Marc, bien qu'il s'agît de la génération précédente. A son ami incrédule, Bernard devait rappeler que ni la presse, ni la radio, ni la télévision ne les mentionnaient jamais, ne parlaient jamais de leur condition. Le seul moyen de se renseigner était de consulter des rapports de police ou des traités médicaux, ce qui renforçait l'idée qu'on relevait soit de la délinquance, soit de la pathologie. On ne connaissait aucun exemple de garçons vivant en couple.

Bernard avait débuté comme professeur en province. Il lut Freud, Stekel, ceux qui avaient osé – mais d'un point de vue scientifique – consacrer des ouvrages à la question. Ils disaient tous – fruit de leur expérience de médecins – que l'anxiété, la dépression, la détresse, les idées de suicide hantaient, sans exception, leurs patients. Rien d'étonnant à cela, ajoutaient-ils, puisque – conclusion de leur réflexion philosophique – l'homme ne peut se réaliser complètement que dans le mariage.

« Et tu les croyais? objectait Marc émerveillé.

– Pouvais-je savoir que ceux qui vont en consultation chez le psychanalyste sont forcément des angoissés, des épaves, des victimes de la réprobation environnante? Les sains, les audacieux, ceux qui se sentaient en harmonie avec eux-mêmes et vivaient à leur guise, s'il y en avait, ne se seraient jamais rendus chez ces charlatans. Aussi n'en parlait-on jamais dans leurs livres. La névrose nous collait à la peau comme le gui à l'arbre malade. »

Mai 68 avait tout changé. Une explosion, une révolution. Aucun résultat concret en politique, mais, dans les mœurs, un monde nouveau avait surgi. Marc se faisait raconter peu à peu les aventures de Bernard : en restait toujours une qu'il avait oublié de mentionner. Comme un aveugle de naissance qui découvre la lumière, Bernard s'était jeté dans le plaisir. Dix ans de mensonges, de compromis, d'humiliations, abolis en quelques semaines.

« Tu ne peux pas t'imaginer, mon petit Marc. Tu n'avais alors que huit ans. Quatre millions de Français, qui se croyaient homosexuels, se sont réveillés gays. Tu n'aimes pas ce mot, je sais, trop connoté américain. Mais homosexuel ! Tu te rends compte de l'horreur de ce terme, inventé par un médecin hongrois ? Cette étiquette pendue à ton cou, tu étais fiché, comme au dispensaire. Pis qu'une maladie honteuse ! Tu fournissais un sujet d'étude à la science. La science te tenait à l'œil et ne te tolérait que si tu promettais de guérir. »

Il s'avéra ensuite que Benkert, l'inventeur du mot, n'était pas médecin, mais poète. Bernard n'en voulut pas démordre : poète peut-être, mais inféodé au jugement des médecins. D'ailleurs, pour ce fils de professeur de lettres, accoler le préfixe grec *homo* et le radical latin *sexuel*, constituait un barbarisme rédhibitoire.

« Gay, au moins, cela sonne joliment, on dirait un appel de cloche, un tintement de cristal. »

Quatre millions de Français, donc, s'étaient réveillés heureux de vivre, forts, prêts à clouer le bec aux cagots de la morale, de la religion et de la médecine. Et Bernard avec eux, d'autant plus impatient de regagner le temps perdu, que ses énergies jusque-là inemployées étaient restées intactes. Engourdi pendant dix ans, avec quelle vigueur juvénile le sang ne bouillonnait-il pas dans ses veines! Le secret de sa jeunesse aujourd'hui, c'est qu'il n'avait commencé à vivre que tard.

Chaque semaine, sinon chaque jour, une nouvelle rencontre, une nouvelle expérience. « La liberté, la pure liberté! » Marc, qui avait eu une autre éducation et un autre apprentissage de la vie, se demandait parfois, en entendant les récits de cette période qui avait précédé leur rencontre, si courir ainsi, de l'un à l'autre, c'était être vraiment libre. Changer chaque fois de partenaire, ne jamais revoir le même, ne jamais s'engager, ne jamais s'accorder la douceur, la beauté d'un lien durable, pouvait s'expliquer par la survivance de l'ancienne culpabilité. Une voix lui soufflait à l'oreille : « Défense de t'attacher! Défense d'aimer! Le plaisir, oui, mais suivi de son châtiment! » Une telle frénésie n'était peut-être que le souvenir obscur de l'époque où régnait l'interdit. Il fallait se montrer affranchi de tout sentiment de faute, de honte : signe, ce besoin de prouver de quoi on était capable, que la faute, la honte subsistaient. De la liberté, Bernard et ceux de sa génération, sans compter un grand nombre de plus jeunes, prisonniers de la mémoire collective, ne connaissaient qu'un usage bâclé, rapide, non l'emploi judicieux. Incapables d'effusion, fermés à la tendresse, méprisant la fidélité, ils se condamnaient à la solitude, pour se punir des brefs moments de bonheur grappillés. Proscrits la confiance, l'abandon, le repos. Sans cesse ils repartaient en chasse, comme s'ils n'aspiraient pas, eux aussi, au havre, à la stabilité.

Marc n'avait pas osé faire part de ses doutes à Bernard. Un jour seulement, il lui demanda :

« Tu l'as dit à tes parents, alors? Comment l'ont-ils pris? »

Bernard changea de couleur.

« Impossible. Je leur ferais trop de mal. Ils me maudiraient. Ils ignorent tout de ma vie privée. Je la leur laisserai toujours ignorer. »

Même après que Bernard se fut installé avec Marc, et engagé dans ce qu'il appelait sa troisième vie, il ne s'en était pas ouvert à ses parents, malgré l'insistance du jeune homme, qui n'aurait pas demandé mieux que de les connaître et de les inviter, d'abord rue du Four, puis rue de Douchy.

Troisième vie où Bernard semblait enfin s'être accepté pleinement, puisqu'il ne dissociait plus le plaisir de l'amour, observait des mœurs conjugales avec l'être de son choix et, sauf cette parenthèse de silence avec le père et la mère, ne gardait en lui aucune séquelle de son enfance. Si ce n'est que, une fois ou deux par semaine, il éprouvait le besoin de « sortir » : ces fameuses « sorties », comme celle de tout à l'heure, dont Marc n'avait vraiment rien à craindre. Le jeune homme touilla les œufs dans le plat de Pyrex, de la mine de quelqu'un qui non seulement n'est pas de tempérament jaloux, mais a des assurances certaines sur la fidélité de son ami.

Il imaginait fort bien l'itinéraire nocturne de Bernard. D'abord la rue : marcher, regarder, croiser, frôler – faire monter en lui comme une fièvre, une ivresse d'aventures et de permissivité. Souvenir de Mai 68, sans doute, des nuits tièdes devant la fontaine Saint-Michel, quand l'avenir semblait ouvert, sans limites. Mais aussi, se dit Marc en baissant la flamme du gaz (car les fricassées les meilleures sont les plus lentes à prendre), sentiment d'être resté disponible, instable, donc libre, donc jeune.

Mythologie de tête, mais qui lui suffisait. Sa

devise : se tenir constamment « sur la brèche »; « en attente ». « Prêt. » Prêt à quoi? A rien, en réalité. Il n'avait aucune envie de reprendre son existence vagabonde et pleine d'aléas; mais à condition de pouvoir se dire qu'il la reprendrait s'il voulait, au moment où il voudrait. Profondément attaché à Marc, il feignait en somme d'avoir gardé ses coudées franches – toujours à cause de la survivance de l'interdit. Chercher sans cesse, draguer – non par désir de trouver, mais par peur de s'avouer : « J'ai trouvé. »

Il lui fallait croire, pour accepter le bonheur qu'il en retirait, que leur relation était précaire, révocable.

Après la rue, le métro. Descendre sous terre. Marc connaissait les rites de Bernard. La promiscuité, les odeurs, la saleté, le bruit le dégoûtaient, lui, du métro, mais son ami, si délicat de ses autres goûts, s'engouffrait avec ravissement dans les wagons bondés. Non point tant, avait conclu Marc d'abord offusqué de cette habitude, pour avoir plus d'occasions d'être pressé contre ceux qu'il pouvait dévisager à loisir, que parce que le voyage s'effectuait sous la terre. Loin du jour, ballotté dans le tunnel, Bernard revivait sans le savoir l'époque des plaisirs, cachés, subreptices, de son adolescence. Epoque révolue, sans doute : en pleine lumière maintenant il menait l'existence de son choix, et, sauf pour ses parents, plus transparente n'aurait pu être sa vie. Mais il se réservait, par ces voyages dans les rames cahotantes qui serpentaient dans les profondeurs, une complicité délicieuse avec le mystère – comme le prêtre d'une religion occulte descend dans la crypte du temple pour rendre à son dieu l'hommage secret qui lui est dû.

Il y avait les stations grasses, suintantes, dont l'intitulé seul évoque le grouillement populaire :

Strasbourg-Saint-Denis, Réaumur-Sébastopol, La Motte-Picquet; et les fines au contraire, Ségur, Duroc, Passy, le plus souvent vides. Porte-Dauphine promettait l'épaisseur veloutée des ombrages, Bercy une lande aride de terrains vagues.

Celle qui desservait leur nouvel appartement s'appelait Saint-Georges. Tout un programme, que le nom de ce paladin, sous l'étendard duquel Bernard dévalait allégrement les marches et franchissait d'un bond le portillon, baissant sa visière pour entrer dans le monde souterrain.

4

Au bout d'une heure ou deux, Bernard reviendrait apaisé, avec l'illusion d'avoir mis en péril, au cours de sa promenade sans but, l'équilibre et l'harmonie de leur couple. « Si le hasard s'était présenté, si j'avais voulu... » Marc l'encourageait volontiers dans cette fiction. Il mit son couvert sur la table dont il n'eut pas besoin, pour manger seul, de sortir le pan rabattable, et se prépara à déguster sa meurette améliorée, tout en regrettant que l'équipée tardive de son ami lui fît sauter un bon repas. Bernard devrait se suffire de la tranche de jambon et du pot de yaourt laissés pour lui dans le réfrigérateur.

Mais il rentrerait content. Ayant cru leur bonheur menacé par les tentations rencontrées en chemin, le vagabond nocturne pourrait se dire que, au lieu d'être engagé dans la même vie régulière depuis trois ans, il continuait dans la voie difficile et précaire à laquelle l'avaient habitué ses dix années de clandestinité.

Rien de tel pour lui, heureusement, pensa le jeune homme en s'essuyant la bouche après une rasade de vin. Dès qu'il avait eu dix-huit ans, ses parents avaient su. Ni un reproche ni une larme. D'un milieu plus modeste que M. Morin, son père était employé dans un bureau de l'enregistrement. Il avait épousé une Sicilienne rencontrée à Tunis pendant le service militaire. Petite, boulotte, bavarde, généreuse, Mme Francesca Pappalardo in Lavergne, comme elle disait pour réjouir son mari, toujours étonné que quelque chose de l'exubérance méditerranéenne arrivât à se fourrer dans un domaine aussi ingrat que l'état civil, animait la maison de sa gaieté et de son rire, émaillés d'italianismes peut-être pas tous involontaires. M. Lavergne se fût sans doute scandalisé en apprenant la vérité sur son fils, moins par sottise ou dureté naturelles, que pour montrer à ses frères, à ses collègues, à ses amis et connaissances, de quelle trempe il était. Sa femme eut tôt fait de le ramener à une vue plus saine de la situation. N'avaient-ils pas un autre fils, de huit ans l'aîné de Marc, déjà marié? S'il tenait à être grand-père, il pouvait dormir tranquille, l'avenir serait assuré. Elle se garda d'ajouter – peut-être elle-même ignorait-elle ce second motif – qu'en tant que mère et première femme de Marc, elle se sentait fière, heureuse de rester pour lui l'unique. Celle qu'il ne remplacerait jamais et à qui, jaloux de la garder sur le trône de son cœur, il préférerait pour ses amusements des partenaires masculins.

Un seul demeura irréductible, dans la famille : le frère marié de Marc, Henri. Il voulut interdire à ses parents de revoir leur cadet, et condamna sa porte au frère indigne. Les jours de fête sont sacrés pour une Italienne : Mme Lavergne faisait des prodiges avec l'horaire pour embrasser, nourrir, *régaler* de cadeaux ses deux garçons, tout en évitant de les mettre en présence. Elle courait d'une pièce à l'autre, se penchait sur la cage d'escalier à l'écoute des pas qui montaient, revenait en trombe dans la cuisine surveiller la cuisson de la dinde, se tordait les mains, invoquait la Madone, priait saint Antoine et saint Joseph, le tout avec force interjections et soupirs, qui émerveillaient M. Lavergne. En bon Français, il se fût rallié à une solution plus rationnelle. Ou bien ne plus permettre à Marc de mettre les pieds chez eux, ou bien forcer les frères à faire leur paix, ou encore étaler la fête et les visites de leurs fils sur deux jours. Sa femme poussait de hauts cris. Noël, Pâques, Saints-Pierre-et-Paul, Saint-Joseph, la Toussaint devaient être des liturgies tribales, la célébration et le renforcement du clan. Et, à nouveau, de calculer comment réserver une aile à Marc et une cuisse à Henri, de la même volaille, sans que les convives se rencontrent.

A dix-neuf ans, Marc avait rencontré Hervé, un garçon de son âge. Ils étaient restés trois ans ensemble. Une vie simple, unie, tranquille. La conscience d'être différent des autres, de porter, en bien ou en mal, quelque secret qui le mît à part dans la société, cette idée ne lui était jamais passée par la tête. Il trouvait son frère stupide, mais, ne s'étant guère entendu avec lui au cours de leur enfance, il attribuait le sectarisme d'Henri à une incompatibilité de caractères plutôt qu'à ce que les journaux gays qui commençaient à paraître dénonçaient sous le nom polémique d'« homophobie ». Se considérait-il lui-même comme gay ou comme homosexuel? Ni l'un ni l'autre. Il était un garçon de dix-neuf ans, heureux de vivre avec l'ami qu'il aimait.

Au contraire de tant d'autres de leurs semblables, et en particulier de Bernard vers qui l'a d'abord attiré ce trait si opposé à sa propre nature, il ne sent pas le besoin d'entretenir en lui excitation ni fièvre. Même les plus jeunes, même ceux de son âge se complaisent trop souvent dans une exaltation factice qui, n'étant plus justifiée par aucune marque d'intolérance envers eux, constitue leur péché mignon, quelquefois leur travers. Comme ils sont agités, la plupart, comme ils se donnent des poses, des tics de langage dont ils usent pour signes de ralliement ! Même sans tenir compte des petites folles caricaturales – celles qui, par exemple, passent des heures à comparer les mérites de deux chanteuses d'opéra, en connaissant par cœur les théâtres où elles se sont produites et la date de tel contre-*fa* qualifié de « mémorable », « historique », « à se pâmer » –, les amis de Bernard et de Marc ont toujours l'air de surgir d'une réunion secrète. Très peu auraient le courage – ou le simple bon sens – de se reconnaître de la même étoffe que les autres, ni inférieurs ni supérieurs, aussi « bourgeois » que leur voisin de palier. Ils auraient du mal à s'avouer qu'il n'y a rien d'exceptionnel en eux, que la « condition » de l'homosexuel n'en est pas une, qu'ils n'appartiennent à aucune race, ni maudite ni élue, et qu'en somme il serait plus honnête de tirer les conséquences du changement de l'opinion publique à leur égard ainsi que de la suppression des lois discriminatoires et des autres formes de vexations – si dur que doive paraître à leur orgueil d'être rangés désormais parmi les citoyens quelconques.

Mais si les jeunes de son âge agacent Marc par leur prétention à se distinguer du grand nombre, le désarroi de Bernard, la comédie de la drague qu'il a besoin de se jouer, venant d'un homme d'une autre génération, l'ont tout de suite attendri et séduit.

Le jeune homme se rappellerait toujours leur première grande conversation. Cantonné dans des études plutôt austères de droit – par reconnaissance envers son père, il avait accepté d'entrer dans cette voie qu'Henri, méprisant les platitudes juridiques de l'enregistrement, avait désertée pour se consacrer au journalisme –, Marc avait écouté, ébloui, les théories du romancier, tout en se défendant d'y adhérer. Le sexe, prétendait-il, n'est pas l'aspect le plus important de l'homosexualité. Qu'est-ce qu'un homosexuel? Quelqu'un que ses gènes, son étoile, son éducation, son propre goût, que sais-je? – ne connaissant pas encore assez bien le jeune interlocuteur qu'il essayait d'enjôler, il avançait à tâtons – peut-être ce que les Anciens appelaient le Destin, vouent à une existence précaire, qu'il évalue, choisit et chérit comme telle.

« Suppose que nous nous mettions à vivre ensemble, mon petit Marc. Qu'est-ce qui t'attirerait, toi, dans ce projet?

– L'idée de bâtir à deux quelque chose.

– Erreur! Car du jour au lendemain nous pourrions nous quitter. C'est cela qui t'attire, et qui serait formidable entre nous : nous aimer autant qu'il nous sera possible, mais avec la conscience que rien ne sera jamais sûr entre nous. Je cesse de te plaire? Crac! tu t'en vas. »

Avoir passé la quarantaine et tenir un tel langage était assez hardi, pensait Marc, médusé d'entendre celui qui cherchait à l'attirer dans une relation plus sérieuse que les rencontres de passage, user d'arguments si peu favorables à sa cause. Au lieu de lui présenter leur avenir sous des couleurs rassurantes, il s'ingéniait à saper la confiance qu'on peut mettre dans un couple d'hommes et à dénigrer ses chances de durer.

« Rien ne nous retiendra, que le désir de rester ensemble. Aucun appui de la société pour soutenir notre couple. Pas de familles pour nous encourager. Pas d'enfants à élever. Pas de patrimoine commun. Pas d'intérêts financiers entre nous. Pas d'héritage à espérer. Rien qui soit à nous deux, pas même une assurance automobile, une caisse de retraite, une mutuelle, dont l'un puisse faire bénéficier l'autre. Libres comme l'air ! Libres de nous aimer, libres de nous quitter. »

Que va-t-il trouver encore ? se demandait Marc, incertain si Bernard parlait ainsi par peur de leur différence d'âge, pour mettre tout de suite sous leurs yeux une foule de raisons d'échec qui cacheraient la principale – ou emporté par ce néoromantisme dont il était devenu, avec ses romans, le chef de file.

« Libres, libres ! mon petit Marc. Si cette fragilité t'épouvante, si tu aspires à une vie ordonnée, si tu as besoin de garanties, si l'avenir, pour toi, compte plus que le présent, alors c'est que tu t'es trompé sur ta nature. A l'instar des jeunes gens de la Grèce, toujours cités mal à propos, qui s'en allaient dans la montagne vivre entre eux pendant un ou deux ans la fin de leur adolescence mais qui ensuite, redescendus en ville et expulsés de l'éphébie, s'engageaient par le mariage à fournir à la cité des individus mûrs, des pères de famille responsables, ton destin est de quitter bientôt les cimes escarpées du désir pour la plaine de la monotonie conjugale.

– Mais il y a le divorce, Bernard ! ne put s'empêcher de dire le jeune homme, tout en rougissant d'interrompre, par une remarque aussi plate où se trahissait son éducation de juriste, cette cascade de métaphores baroques.

– Tu crois qu'on divorce aussi facilement que cela ? Que la pesanteur sociale n'est pas souvent la plus forte ? Et puis, après la divorce, il reste tout du mariage : les enfants, les pensions alimentaires, le mobilier acquis, les petites cuillers à se partager, tout sauf le désir. Le mariage a produit quelque chose que rien n'effacera. Le désir ne produit rien, Marc. Notre désir, notre amour ne produira rien. Il poussera pour lui-même, comme l'agave sicilien qui dresse à dix mètres de haut ses ombelles stériles puis meurt épuisé de son glorieux épanouissement. »

Il regarda Marc, lui prit les mains et continua, d'un ton plus calme :

« Notre projet ne sera pas de nous entourer de garanties, mais de vivre dans la beauté d'un sentiment intense, provisoire, périssable, chaque jour relancé par le faste d'un nouveau miracle. Seul ce qui est instable et sujet à immédiate révocation vaut la peine d'être tenté. A chaque heure, à chaque minute, nous créerons ceux que nous voulons être. Nous nous choisirons tous les jours. Le mariage est une affaire, notre couple sera une œuvre d'art. Avant même de commencer, nous nous serons mis en question. Tu vois la différence, l'énorme différence avec les autres? Jamais de repos, pour nous, jamais de certitude. Jamais de possession l'un par l'autre. « Tu es à moi », « Je t'appartiens », jamais de ça, entre nous. Nous sommes nés avec cette blessure au flanc... »

Jusqu'où Bernard prenait-il au sérieux ces déclarations, Marc n'aurait su le dire. Car il constatait, au bout de trois ans de vie commune, qu'aucun couple de leurs amis mariés ne paraissait plus solide que le leur. De temps à autre, la « blessure au flanc » et l'agave qui périt de sa propre inflorescence revenaient dans le cortège des enjolivements littéraires, mais au seul titre, peut-être, de protections contre l'angoisse du vieillissement. S'ils devaient se séparer un jour à cause des vingt ans d'écart, Bernard pourrait toujours se dire que leur amour avait fleuri puis était mort avec la même splendeur et la même inutilité que la plante sicilienne. Consolation qu'il tenait en réserve, mais dont l'usage ne serait pas pour demain.

Marc, pour s'installer avec Bernard, avait quitté Hervé, après une liaison de trois ans. Trois ans, s'était-il rendu compte ensuite, pendant lesquels il avait stagné dans une existence douillette, un peu vide. Deux garçons de même âge, de mêmes goûts, que peuvent-ils s'apporter? En quoi peuvent-ils s'enrichir l'un l'autre? Avec Bernard, sa vie avait passé à une vitesse supérieure – image bien pâle pour rendre ce surcroît d'amusement, d'activité, d'entrain. Il ne voyait pas ce qui tarirait jamais leur échange et mettrait fin à leur goût d'être ensemble aiguisé sans cesse, renforcé par la féconde dissemblance des générations, des expériences, des points de vue.

De son côté, Bernard n'avait pas manqué un seul soir de rentrer à la maison. Il raisonnait comme si leur union était vulnérable par essence, ne tenant qu'à un fil, mais vivait comme si elle devait durer toujours. Et ainsi, entre les habitudes d'adolescence dont il n'arrivait pas à se défaire, l'excitation secrète qu'il en tirait, sa constance épanouie d'adulte et ses craintes pour l'avenir, il avait trouvé un équilibre qui rendait le séjour rue de Douchy le plus délectable possible. Avec ce petit frisson permanent d'inquiétude, songea Marc remuant de ses mains gantées de caoutchouc les couverts sales dans l'eau de vaisselle, qui leur apportait une caution précieuse contre l'embourgeoisement.

A la suite d'une indiscrétion de Xavier, le plus « mondain » de leurs amis, toujours porté par franchise ou enclin par malice à semer la zizanie dans les couples, le jeune homme avait appris que Bernard fréquentait aussi les backrooms du Polichinelle et de L'Arquebuse. Du moins, l'avait-on vu s'enfoncer dans ces arrière-salles sans lumière, les témoignages, par la force des choses, s'arrêtant au seuil des ténèbres.

Cette nouvelle avait d'abord fâché Marc. Il lui semblait que son ami n'avait pas besoin de courir des risques inutiles, en se mêlant à cette foule sournoise stimulée par l'anonymat des ébats, où le plaisir consiste à s'abandonner à des caresses, quelquefois des assauts plus crus, dont l'auteur garde dissimulé son visage grâce à l'obscurité complète. On pouvait en outre attraper, dans cette promiscuité avec des inconnus sans figure, sans identité, n'importe quelle maladie, en particulier celle dont les journaux de droite exagéraient l'importance, mais qui paraissait d'autant plus dangereuse qu'on ignorait encore le mode de sa transmission.

Les craintes de Marc s'évanouirent le jour où Bernard amena lui-même la conversation sur ce qu'il appela le *black room* du Castor, un nouveau local à la mode.

« Comment as-tu dit, Bernard?

– Le *black room* du Castor.

– Mais on ne dit pas : *black room!* On dit : *backroom,* chambre placée en arrière.

– Ah! je croyais... » fit Bernard, mortifié de cette bévue mais surtout déçu par le manque d'imagination de la population gay.

Chambre noire : pièce entièrement close, remplie de spectres condamnés à tourner en rond dans l'opacité d'une nuit perpétuelle; course d'ombres ne connaissant ni trêve ni répit; expiation collective d'un péché obscur : il avait fantasmé sur cette métaphore de l'enfer. Ramené aux proportions banales d'une annexe lucrative, le backroom du Castor cessa de l'attirer.

5

UN matin, Bernard étant parti pour la maison d'édition qui l'employait comme lecteur, Marc travaillait rue de Douchy à la rédaction de sa maîtrise. On sonna. Le jeune homme n'attendait personne. Soupçonneux, il regarda par l'œil. Une vieille dame, qui avait reculé de deux mètres comme pour s'excuser de son audace, se tenait au bout du palier, toute ratatinée, la tête basse, son sac serré sous le bras, un petit paquet pendu à son autre main par une ficelle dorée.

Marc entrebâilla la porte.

« Est-ce bien ici qu'habite Bernard Morin? M. Bernard Morin, se reprit-elle, craignant d'avoir été trop familière.

– Il ne rentrera pas de la journée », répondit sèchement Marc, croyant avoir affaire à une admiratrice de province en quête d'un autographe.

Au lieu de faire demi-tour, la vieille dame posa le petit paquet sur le tabouret du palier et mit sa main en visière sur ses yeux. Intrigué par ce geste, Marc poussa le battant et fit un pas sur le seuil.

« Peut-être êtes-vous... » murmura la visiteuse.

Elle s'arrêta, interdite.

« Monsieur Marc! » lâcha-t-elle dans un souffle.

Elle avait dit ce nom si timidement, avec tant de précautions pour ne pas risquer d'offenser son interlocuteur, que le jeune homme, radouci, se rangea pour la faire entrer. Il remarqua ses souliers, fermés sur le cou-de-pied par une lanière à bouton. Le sac en peau de phoque, la robe à plis droits, la guimpe en dentelle n'étaient pas d'un modèle plus récent. Elle se retourna pour reprendre le petit paquet oublié sur le tabouret et, tout en s'excusant de n'avoir plus toute sa tête, elle se cogna dans la porte.

Elle serrait contre elle son sac. A la manière incertaine dont elle se dirigeait entre les meubles, Marc comprit qu'elle était presque aveugle. Il la fit asseoir à côté de lui, sur le canapé du séjour. Elle posa le paquet sur ses genoux, et garda son sac contre sa jambe.

« Je suis la maman de Bernard, balbutia-t-elle. Je suis contente d'être ici. Je savais que mon fils n'y serait pas, et j'ai voulu profiter de son absence pour venir vous trouver. »

Marc se redressa d'un bond. Il s'inclina par déférence et tendit le cou, stupéfait.

« Restez assis, monsieur Marc. Vous m'avez accueillie gentiment. Je ne voulais pas mourir avant d'être sûre que mon Bernard avait choisi comme compagnon une personne bien élevée et gentille. Approchez-vous. »

Elle fit passer son sac de l'autre côté.

« J'y vois à peine, vous savez. Approchez-vous encore. »

Elle tendit alors ses deux mains et les promena sur le visage du jeune homme, en long et en large, comme pour sculpter mentalement ses traits. Marc, abasourdi, se laissa faire sans bouger. Bernard l'avait convaincu, non seulement que ses parents ignoraient ses mœurs et l'existence d'un ami dans sa vie, mais qu'ils ne supporteraient pas d'apprendre la vérité. La vieille dame paraissait tout savoir, depuis toujours, d'une connaissance immémoriale d'où elle tirait une indulgence et une compréhension sans bornes. Elle retira ses mains et s'assura, avec cette anxiété des aveugles qui ont besoin de palper avec leurs doigts, que le sac en peau de phoque et le petit paquet à la ficelle dorée étaient restés là où elle les avait mis.

« Tenez, fit-elle soudain en lui offrant le paquet. Un garçon de votre âge doit aimer les gâteaux.

– Je les garderai pour Bernard, dit Marc, de plus en plus décontenancé.

– Non, je les ai choisis pour vous, monsieur Marc. Je veux que vous soyez seul à les manger. Et puis, ajouta-t-elle en baissant la voix, comme si elle s'engageait sur le chemin des confidences, il vaudrait mieux, je crois... »

Sa bouche se plissa, si amère était la phrase qu'elle s'apprêtait à dire.

« Il vaudrait mieux qu'il ne sache pas que je suis venue.

– Moi je suis si heureux de vous connaître! ne put s'empêcher de s'exclamer le jeune homme. Combien de fois n'ai-je pas dit à Bernard : " Invite ton père et ta mère à venir nous voir. "

– En trois ans, il ne m'a pas invitée une seule fois. Je n'avais jamais mis le pied dans cet appartement.

– Il a peur, madame, que...

– Que je le désapprouve? Que je ne comprenne pas la façon de vivre qu'il a choisie? C'est cela, n'est-ce pas? »

Le jeune homme, embarrassé, se contenta de hocher la tête.

« Il pense que j'ignore comment il vit, et il se persuade que je le blâmerais si je savais? C'est bien cela ? Et vous, monsieur Marc, avez-vous la même opinion ? Me prenez-vous pour une femme sans cœur, pour une mère dénaturée ?

– Bernard craint sans doute de choquer certaines de vos convictions. Peut-être ne vous serait-il pas très agréable d'être reçue par un couple de... M. Morin, en tout cas, ne serait pas à l'aise ici.

– Vous êtes gentil, monsieur Marc, d'excuser ainsi mon Bernard. »

De temps en temps, elle mettait sa main en visière, pour inspecter la pièce et évaluer, autant que le lui permettait sa vue, les avantages de l'appartement. Apercevant le gros radiateur près de la porte, elle s'écria gaiement qu'ils devaient être bien chauffés en hiver. Mais cet enjouement ne trompait pas le jeune homme. Il devinait, chez Mme Morin, un chagrin trop profond pour trouver le chemin des paroles.

« J'ai pris ce miroir pour une fenêtre. Est-ce bête ? dit-elle en riant d'une petite voix cassée. Mais je vois bien que c'est un miroir. Qu'y a-t-il sur le cadre ? Bernard a toujours aimé les objets de prix. Vous apprenez beaucoup avec lui, monsieur Marc, n'est-ce pas ? »

Marc n'eût pas demandé mieux que de s'étendre sur le bonheur de vivre avec Bernard, sans la crainte d'être peu délicat, en paraissant se vanter de l'intimité avec un homme qui tenait sa propre mère à l'écart. Il lui raconta, pour la distraire, l'histoire du miroir, acheté dans un village de Sicile, restauré à Palerme, saisi à la douane et restitué sur l'intervention de l'éditeur de Bernard.

« Quelle existence vous devez avoir ! » s'exclama Mme Morin.

Elle reprit, sans changer de ton, comme si elle voulait se faire tracer un tableau complet de leurs habitudes :

« Dites-moi, vous voyez souvent votre mère? Elle vient ici? Elle connaît mon fils?

– Aucun problème avec elle! » s'écria étourdiment le jeune homme.

Un sourire douloureux crispa le visage de la vieille dame.

« Pourquoi y en a-t-il avec moi? Pourquoi Bernard ne veut-il pas que je sois son amie, sa confidente, ce qu'une mère, à tous les âges de leur vie, doit être pour son fils? Oh! le silence entre nous a commencé très tôt, et je cherche en moi quelle faute j'aurais pu commettre pour l'éloigner, si jeune, de moi. C'était un petit garçon délicieux – si ouvert, si confiant. Il me promettait que lorsqu'il serait grand il me ferait cadeau d'une robe blanche qui ne se salirait jamais! A force de scruter dans le passé où la faute a pu être commise, j'ai perdu l'usage de mes yeux. C'est peut-être mieux ainsi. Les yeux tournés en dedans, je trouverai bien en quoi j'ai pu l'offenser. Vers seize ans, dix-sept ans, il a commencé à se renfermer. Je n'étais pas une sotte. Je lui lisais du Proust, le soir. Un des premiers livres que j'avais vendu jeune fille, dans la librairie où je travaillais, était le *Corydon* d'André Gide, dans l'édition augmentée de 1929. J'en ai retrouvé un exemplaire que j'ai laissé traîner dans la maison, bien qu'il n'eût peut-être pas été très agréable à mon fils d'être comparé, pour sa justification, à une variété, même sympathique, de canard. Qu'on était bête à cette époque! Emprunté! Votre génération a plus de chance, monsieur Marc, j'en suis heureuse pour vous. Mais nous n'étions pas des brutes, ni son père ni moi. Son père en eût été profondément affecté, c'est certain. Un homme a ses raisons. Mais je crois qu'il n'eût rien dit. C'est lui, Bernard, qui a pris l'initiative de la rupture, c'est lui qui a voulu dresser ce mur entre nous! Presque du jour au lendemain, il est devenu sauvage, intraitable. Et pas seulement avec nous. La plupart de ses camarades, il leur a tourné le dos. Il a décidé, comme ça, que le monde lui était hostile. J'étais prête à l'écouter, moi, prête à lui parler. Je ne pouvais quand même pas prendre les devants et lui poser certaines questions! Aurais-je dû prendre les devants? Il voyait bien que je restais sa mère! Quand il a quitté la maison, il revenait nous voir, une fois par semaine. Mais il ne nous a jamais reçus chez lui. J'en étais réduite à rôder sous ses fenêtres pour imaginer, d'après le quartier et l'immeuble, quel genre d'appartement il habitait. »

Accablée, elle se tut, les mains sur les genoux. Dans le silence que Marc n'osait pas troubler, la sonnerie du téléphone retentit.

« Je n'ai pas envie de répondre, murmura le jeune homme.

– Si, faites-le pour moi. C'est lui, j'en suis sûre. »

Ils entendirent la voix joyeuse de Bernard.

« *Ciao,* Marc! Tout va bien?

– Et toi?

– Boulot monstre. Plein de choses à te raconter!

– Le nouveau manuscrit était bien?

– Le roman qui se passe en Hollande? Justement... Flûte! On m'appelle sur une autre ligne! Allons, *ciao*!

– Sa voix d'autrefois! Sa voix d'enfant! » murmura la vieille dame quand Marc eut raccroché.

Marc, confus de s'être fait surprendre dans une conversation aussi plate, qui pouvait laisser croire à Mme Morin que son fils, pour se mettre à la portée d'un jeune homme sans expérience, se cantonnait exprès dans les banalités, bredouilla que Bernard l'appelait du bureau, entre un rendez-vous et une lettre à dicter, à la va-vite, le temps d'échanger deux mots.

« Des sottises, par la force des choses. Rien d'intéressant.

– A moi, soupira la vieille dame, il n'en dit plus, de ces sottises, depuis bientôt trente ans. Une étrangère, je ne suis plus que la dernière des étrangères pour lui.

– Mais maintenant, reprit Marc d'un ton enjoué, les choses vont changer. Vous reviendrez, quand il sera là. Vous vous parlerez. Ce n'est pas possible autrement! Le malentendu sera dissipé. Il sera le premier content.

– Non, dit-elle en secouant la tête. Je vois qu'il est heureux à présent, que vous êtes le compagnon qu'il lui fallait. Il a réussi dans sa carrière d'écrivain. Mais il a besoin de continuer à croire que son père et sa mère refuseraient de l'aimer tel qu'il est. Il a besoin de se faire souffrir avec cette conviction. Le refuge entre des bras maternels, auquel tout homme a droit et auquel tous ils recourent, il a décidé, lui, de se l'interdire. Ce n'est pas une brute, mon Bernard! Je me doute bien qu'il souffre de ne jamais nous parler, de nous laisser ignorer comment il vit, de nous tenir à l'écart de son bonheur avec vous. J'ai tout compris en écoutant votre dialogue. L'élan de sa voix ne trompait pas! Je dois payer le prix de son bonheur, en acceptant d'être exclue de sa vie.

– Un jour sans doute, madame...

– Qu'il accepte d'être heureux, tout simplement, sans chercher à se punir de la liberté qu'il a conquise? Non, monsieur Marc, vous ne le connaissez pas comme moi. Il s'est forgé l'idée que la personne la mieux faite pour le comprendre et pour l'aimer le condamne. Une absurdité, monsieur Marc, une absurdité! mais qui fait partie de son caractère. Tenez! Quand il était petit et invitait des camarades à la maison, venait toujours un moment où, après s'être amusé avec les autres, il disparaissait soudain. Comme ça, sans prévenir, il allait se cacher. Le besoin d'être seul et de se dire qu'il n'avait plus sa place dans la fête était plus fort que son envie de jouer. Il s'imaginait qu'on ne voulait plus de lui. Oh! à présent que j'y repense, il y avait là un signe que j'aurais dû comprendre. Son père le grondait d'avoir faussé compagnie à ses invités. Avait-il besoin d'être grondé, je vous le demande? Lui qui avait couru se blottir dans le cagibi, je m'en rends compte en vous parlant, pour se punir, mais de quelle faute, le pauvre enfant? Vous voyez bien que c'est dans son caractère, que ça l'a toujours été, de se figurer qu'il n'y a pas de place pour lui dans le monde. Allons, j'emploie de grands mots, qui n'ont peut-être pas leur sens. Tenez, sa lecture favorite d'enfance était un roman d'aventures de Gustave Aymard, l'histoire d'un homme qui s'était fait pirate parce qu'il se croyait maudit de Dieu et des hommes. Il sillonnait les mers, sans but, un bandeau noir appliqué sur l'œil. Mon Bernard est comme ce pirate. Les gens autour de lui ne demanderaient pas mieux que de lui rendre la vie douce et facile, mais il s'est mis un bandeau sur les yeux, pour les ignorer et dire ensuite qu'ils n'existent pas. Laissez-lui son bandeau, conclut-elle, le cœur d'une mère vous le conseille. »

Un pâle sourire éclaira le visage de Mme Morin.

« Je vous dirais plus, reprit-elle après s'être concédé quelques instants pour rêver à l'enfance de Bernard, aux lectures de famille, aux veillées sous la lampe, aux promesses de robes blanches qui ne se saliraient jamais. Vous ne lui rendriez pas service en le forçant à s'avouer : " Me voilà pleinement réconcilié avec l'existence, je n'ai plus rien qui me manque. " Au nom du Ciel, monsieur Marc, ne lui parlez pas de ma visite. Vous le jetteriez dans le plus grand désarroi, en lui prouvant que sa mère l'aime, le chérit tendrement et ne songe pas à le critiquer. »

Marc tressaillait à ces paroles où il retrouvait, comme amplifié par l'intelligence maternelle, l'écho de ses propres pensées. Aussi n'essaya-t-il pas de protester. Pour se donner une contenance, il défit le nœud de la ficelle et ôta le papier qui enveloppait un millefeuille et une polonaise.

Mme Morin se leva. Mais au lieu de chercher la sortie, elle restait sur place, indécise, son sac serré sous son bras.

« Je n'étais pas venue pour me plaindre, monsieur Marc. Ma visite avait un but plus précis, plus urgent. »

Elle se tut. Sa lèvre supérieure était agitée d'un tremblement qui l'empêchait de parler. Marc, qui commençait à admirer Mme Morin pour le courage de sa démarche, fut touché de voir qu'une femme assez intrépide pour vaincre plusieurs siècles de préjugés n'arrivait pas à dominer les muscles de sa bouche.

« M. Henri Lavergne, le journaliste, est bien votre frère? dit-elle soudain.

– Vous connaissez mon frère? demanda Marc, surpris.

– Je le connaissais par ses chroniques. Mon mari est abonné au *Figaro*. Figurez-vous qu'il s'est présenté l'autre jour, au téléphone. Il a prié mon mari de lui accorder une interview.

– Quelle coïncidence! s'écria le jeune homme.

– Oui, c'est après coup seulement que j'ai rapproché vos deux noms. Votre frère faisait une enquête sur la maladie dont on parle beaucoup en ce moment, ce... Vous voyez ce que je veux dire? Et il voulait s'informer auprès de plusieurs échantillons de la population si les Français en évaluent la gravité avec assez de sérieux. »

« Ah! pensa Marc, le salaud. Ce n'était donc pas une coïncidence! Il est venu se venger de Bernard sur ses parents. »

« Nous n'avons fait semblant de rien, bien sûr. Comme, par pure ignorance, nous paraissions insuffisamment convaincus, votre frère a pris la peine de nous faire un tableau complet de la situation en Amérique. »

« Le salaud, le salaud! », continuait de se dire Marc, pendant que la vieille dame, au souvenir des horreurs étalées par l'envoyé du *Figaro*, tirait sur les plis de sa robe grise.

« Il nous a cité les derniers chiffres fournis par les statistiques françaises. Vous devez être au courant, je suppose? » demanda-t-elle timidement, de peur de le froisser par une affirmation trop résolue.

Marc répondit que les chiffres variaient selon la couleur politique des journaux qui les publiaient.

« Oh! protesta-t-elle, qui aurait intérêt à tricher sur un sujet pareil? D'ailleurs, dix morts ou cent morts, n'est-ce pas aussi épouvantable? Vous comprenez, ajouta-t-elle en relevant la tête, j'avais besoin de me rendre compte par moi-même qu'une personne aussi gentille et obligeante que vous veille sur la santé de mon fils. Cela me sera égal, maintenant, qu'il me fuie et me croie hostile. Sa santé est plus importante que le bonheur de sa mère. Je vous confie mon Bernard. Gardez-le-moi bien portant. Après tout, vous êtes un peu mon second fils, n'est-ce pas? »

Marc s'attendait à être pris par les mains, embrassé peut-être. Elle étendit le bras devant elle, chercha à tâtons, rencontra un dossier de chaise auquel elle s'agrippa. Le jeune homme se tenait à côté d'elle, embarrassé. Il aurait voulu la quitter sur une parole d'encouragement, mais ne trouva rien. La seule preuve de compassion qu'il sut lui offrir, après qu'ils se furent séparés sans ajouter un mot, fut de retenir la porte palière dans son dos et d'accompagner sans bruit le pêne dans la serrure.

6

BERNARD, en sortant de la maison d'édition, se rendit aux Deux-Magots où il avait donné rendez-vous à Robert et Nicole.

« Pourquoi? se demandait-il en descendant la rue Bonaparte. Sous prétexte qu'ils vivent à l'étranger et viennent une fois par mois à Paris, nous ne devons pas *rater l'occasion* de prendre un verre. Je laisse passer bien plus de temps sans rencontrer mes amis les plus chers, avec l'excuse qu'ils habitent Paris et que nous pouvons nous voir quand nous voulons. »

Le manuscrit sur la Hollande l'avait mis de mauvaise humeur. Il ne savait s'il devait en recommander ou déconseiller la publication. L'auteur s'inspirait d'un séjour à Amsterdam, où il avait vécu chez les drogués. De sombres drames, dans son roman, éclataient entre les personnages, qui avaient de plus en plus de mal à se procurer la poudre, et n'hésitaient pas à employer les grands moyens. Pour freiner la vague de cambriolages et d'agressions – jusqu'à un meurtre – la municipalité s'était résolue à distribuer elle-même la drogue, en diminuant progressivement les doses. Tous les camés applaudissaient à cette mesure, sauf un, le nommé Aloÿs, qui leur reprochait violemment ce qu'il appelait leur trahison. Alors, un soir de tempête, au pied de la tour Montalban, sur les bords du canal, ses amis mettaient à mort le jeune homme. Le lendemain matin, on les voyait se ranger en queue devant le dispensaire municipal, cette dernière scène étant dépeinte comme le début de leur régénération.

Ni le sujet ni la manière de le traiter n'avaient plu à Bernard, qui n'était pas sûr pourtant d'être objectif dans son jugement. Le sujet était bon, au fond, très bon même. N'eût été le parti pris de l'auteur, l'éclairage sous lequel il avait présenté les choses, le récit aurait pu être excellent. Quant à l'écriture... C'était un de ces textes syncopés, hachés, « dégagés », « superjeunes », où l'on parle de la drogue avec l'effronterie de croire que la plume n'a pas à trembler pour aborder une telle matière. Bernard tenait en horreur cette désinvolture, tout en s'avouant qu'elle était typique de la nouvelle génération. S'il n'aimait pas leur manière d'écrire, n'était-ce pas en partie parce que son « beau style » à lui, comme disait Nicole dont il distinguait les lunettes papillon de l'autre côté de la place, ferait bientôt démodé en comparaison?

« Tout de même, se dit-il en attendant le feu vert, la scène dans l'orage au pied de la tour Montalban aurait gagné à être décrite avec plus d'ampleur, de lyrisme... Un petit air de violon, *maestro*... Ou est-ce moi qui ai tort de me laisser influencer par les gravures de Rembrandt? Le théâtre, décidément, me fera du bien. Au théâtre, il faut être plus rapide, plus sec. »

D'anciens numéros de *Libération* s'entassaient sur le guéridon devant Nicole. Elle avait posé *Le Nouvel Observateur* sur ses genoux et dévisageait les passants derrière ses lunettes dont les verres bombés et la monture en ailes de papillon soulignaient son nez épais, sa mâchoire forte, son absence totale d'élégance. Ses cheveux, tirés n'importe comment, étaient retenus à la diable par un peigne planté de travers. Bernard s'assura d'un coup d'œil qu'elle portait la même blouse à pois et la même jupe-culotte informe qu'il lui avait toujours connues.

Après leur jeunesse en province dans la préfecture de l'Ouest où ils avaient accueilli le professeur débutant – seuls d'entre cette bourgeoisie bretonne, inhospitalière et avare, ils ouvraient leurs portes et invitaient à dîner –, les Fressard étaient « montés » à Paris. Il resterait toujours à Nicole, jeune fille de bonne famille élevée au couvent des Mouettes, le besoin de proclamer qu'elle s'était affranchie de son milieu. Même à présent que Robert, directeur-conseil dans une multinationale, avait été nommé à Göteborg, en Suède, sa femme continuait à brandir la bannière, déjà décolorée à Paris, où voltigeait l'inscription : JE NE SUIS PAS UNE FEMME-OBJET ! Elle semblait sortir du même moule, se dit Bernard, que les chercheuses en sciences humaines qui lui apportaient leurs manuscrits. « Je me fous de mon look, quel sale macho êtes-vous pour me reluquer ainsi ? » Telle paraissait être leur devise et souvent leur unique pensée, qui ne les rendait pas plus intelligentes, mais moins agréables à regarder.

Nicole bondit en apercevant Bernard et se jeta à son cou pour l'embrasser. Il nota que Robert lui tendait de loin la main, sans quitter son siège, et faisait asseoir Nicole entre eux. On venait de le déranger dans la lecture de son *Monde*, dont il savourait chaque ligne avec autant de satisfaction que le prêtre se pénètre des versets de son bréviaire.

Bernard lui demanda s'il se plaisait toujours à

Göteborg, rien que pour l'amusement de s'attirer la réponse, qui tomba comme prévu :

« Je recommanderais à tous ce charmant port de la Baltique, si *Le Monde* n'y arrivait avec deux jours de retard. »

Nicole, elle, préférait *Libération*, qui ne parvenait pas du tout en Suède. Mais, agitée comme elle était et incapable de lire deux lignes à la suite, elle se trouvait fort bien de l'arrangement qu'elle avait fait avec sa sœur. Monique lui gardait les vieux numéros, Nicole retrouvait à Paris ses *Libé*, en masse, en vrac, elle en tirait quelques-uns du tas et les emportait avec elle dans ses courses à travers la capitale. De-ci, de-là, elle réussissait à attraper un article, aux terrasses de café où elle attendait ses amis, dans les queues à la porte des cinémas où elle se précipitait pour ne pas manquer le dernier *must*.

Méthode qui lui embrouillait l'esprit et l'amenait à proférer des bourdes, à l'effarement de son mari qui la reprenait d'un ton pincé. Il était fasciné par sa femme, qui lui paraissait l'incarnation de la fantaisie, du chic, du don artistique et de toutes les dispositions brillantes qui lui faisaient défaut. En même temps, on le sentait sur les épines dès qu'elle ouvrait la bouche, de peur qu'elle n'émît une sottise. Cadre rangé, méticuleux, il savait que sans sa femme, sans les relations qu'elle lui avait apportées, il ne serait jamais sorti de sa ville de province. N'était-ce pas elle, aussi, qui lui avait obtenu ce poste envié de Göteborg? Néanmoins, dans son cerveau d'ancien élève d'une grande école d'Etat instruit « sous la férule » (une de ses tournures favorites) des « meilleurs maîtres », la reconnaissance ne triomphait pas sans peine du ressentiment. Car, selon lui, un homme de sa valeur, un professionnel comme lui, aurait dû pouvoir « arriver » par le seul fonctionnement des institutions et le jeu des avancements normaux. Avoir recours à l'entregent de sa femme et à des qualités qui n'avaient rien à voir avec la compétence dans le travail lui paraissait une concession fâcheuse, une nécessité regrettable, qui témoignait d'un relatif échec de la démocratie.

Il en voulait aussi à Nicole d'être tout de suite remarquée, de se faire d'emblée des amis, alors que lui-même, dans son costume rayé et gris qui restait rayé et gris malgré le ruban de la Légion d'honneur dont il avait acheté vingt centimètres pour le faire coudre à tous ses vestons, garderait toujours l'allure terne d'un salarié. Sort injuste, estimait-il, puisque sa femme n'aurait jamais pu faire tous ces voyages ni donner tous ces dîners d'où elle tirait ce qu'il pensait être de l'éclat, si lui-même, pour procurer au ménage les ressources nécessaires, n'avait sacrifié sa jeunesse à ses études, puis ses années mûres à sa carrière.

« Tu veux toujours écrire une pièce? demanda Nicole.

– Plus que jamais, dit Bernard, songeant au manuscrit sur Amsterdam et à la nécessité de renoncer au « beau style » pour garder le contact avec les générations montantes.

– Ce sera super! s'exclama la jeune femme.

– Qu'en sais-tu? observa Robert en levant les yeux de son journal. L'a-t-il écrite, sa pièce?

– Mais, mon chéri, avec son beau style...

– Ne vois aucun caractère désobligeant dans ma remarque, continua Robert à l'adresse de Bernard. Je ne mets pas en doute ton talent. Je m'élève seulement contre ce manque de bon sens qui pousse aujourd'hui les gens à s'extasier sur des productions encore inexistantes. Nicole est toujours déçue quand elle revient du cinéma. Pendant des mois, elle a cru au battage qui précède la sortie de n'importe quel film. Le film est un navet, mais, parce qu'il y a eu battage et que les gens gobent tout, ils se précipitent pour le voir.

– A Göteborg, mon chou, avec ce qu'il y a à se mettre sous la dent...

– Et tu l'as trouvé, reprit Robert, le sujet de ta pièce?

– Pas encore, je cherche.

– Tu vois, ma chérie. Est-il vrai, Bernard, que les éditeurs donnent des à-valoir, quelquefois considérables, pour des livres dont pas une ligne n'a été écrite? Dans le dernier supplément littéraire du *Monde*, j'ai lu une enquête là-dessus. Il paraît que Max André à reçu cinq cent mille francs pour un roman dont il n'a ni le titre ni la première idée.

– Cela arrive », fit Bernard, gêné.

Il désapprouvait ces pratiques devenues courantes dans l'édition, mais n'avait pas envie de donner raison à un être aussi plat que son ami Robert Fressard.

« Mais toi, objecta Nicole en saisissant l'argument qu'elle croyait décisif, tu signes bien des contrats pour des machines-outils qui n'existent encore que sur le papier? »

Robert s'esclaffa.

« Tu ne flattes pas notre ami écrivain, en comparant ses romans à des engins produits à la chaîne!

– Moi qui ai tellement aimé ton *Crépuscule sur l'Egypte*! Quel beau style une fois de plus! s'écria-t-elle pendant que son mari, d'abord agacé de la voir sauter d'une idée à l'autre en sorte qu'il ne pouvait jamais lui faire entendre raison, posait son verre pour regarder avec émerveillement une personne si différente de lui, que n'embarrassaient pas ses inconséquences et qui trouvait toujours le moyen de rebondir, emportée par sa vitalité.

« Et Marc ? reprit-elle. Toujours aussi chou ? Quand viendrez-vous nous voir à Göteborg ? Oh ! question théâtre, tu sais, à part *Trou-Trou* joué en tournée par la Compagnie des Berrichons, nous n'avons rien vu. C'est nul, là-bas !

– Comment peux-tu dire cela, ma chérie ? Le théâtre est très actif en Suède, on joue beaucoup de pièces. Même à Göteborg, ajouta-t-il à l'intention de Bernard, pour lui faire entendre qu'ils n'avaient pas échoué dans une sous-préfecture, mais dans un grand centre universitaire de renom international.

– Cite-moi une pièce, à part *Trou-Trou.*

– Tu n'y comprendrais pas un mot, même au titre.

– Il faudrait peut-être apprendre le suédois ? En voilà une bien bonne ! Une langue qui ne sert qu'à énumérer des variétés de poissons, sucrés, fumés, marinés, séchés, boucanés, beurk ! Et puis, tu oublies que tu as toutes les chances d'être nommé à Berkeley. Nous aurons la réponse ce soir. Bob vient dîner, rappelle-toi. La chose est comme sûre, il m'a dit encore au téléphone, hier matin : " O.K. pour Berkeley ! " »

Robert jeta un coup d'œil à Bernard, remua les lèvres, parut se raviser, enfin se décida :

« Berkeley ? Je ne sais pas s'il faudrait accepter, aujourd'hui.

– Comment cela ? Dans la ville la plus super-in de la côte ? Laisser tomber cette occasion ?

– Il y a trois ans que nous avons posé nos premiers jalons, ma chérie.

– La Californie a cessé d'être intéressante, peut-être ?

– En trois ans les choses ont changé. La Californie... eh bien, elle n'est plus ce qu'elle était... Comme la nostalgie », ajouta-t-il en riant de ce qu'il pensait être un bon mot.

Nicole, d'autant plus furieuse que sans elle il n'eût jamais fait la connaissance de Bob, s'agita sur sa chaise. *Le Nouvel Observateur* glissa de ses genoux et tomba dans une flaque de bière. Bernard, qui avait deviné, d'après les coups d'œil gênés de Robert, où celui-ci voulait en venir, se demandait avec amusement de quels arguments il userait pour éviter de paraître mufle à l'égard d'un vieil ami.

« Aurais-tu envie, continua Robert, de faire une enquête sur ton coiffeur avant d'aller te confier entre ses mains ? Aimerais-tu, chaque fois que tu vas au restaurant, craindre d'être servie dans une assiette contaminée ?

– Encore ta rengaine ! s'écria Nicole, qui avait compris à son tour.

– Tu nous vois, en prévision d'un accident ou d'une opération, faire congeler notre sang et le mettre en réserve dans la cave de notre villa ? Et présenter, en arrivant chez nos amis, sous peine de manger dans une assiette en papier et de boire dans un verre en carton, une carte de santé avec notre photographie ? Achetée vingt dollars, elle porterait le cachet des tests passés régulièrement dans le laboratoire de la société vendeuse, en garantie de notre innocuité. »

Nicole se tourna vers Bernard.

« C'est devenu une fixation, chez lui. Figure-toi qu'il n'a pas voulu aller au théâtre hier soir. J'avais obtenu à grand-peine des places pour le dernier Duras. Tu te rends compte ! Une superpièce. Duras, ce n'est pas ton beau style, d'accord, mais enfin, de temps à autre, il faut se montrer moderne ! Eh bien, poursuivit-elle sans remarquer la grimace de Bernard, il a refusé de venir, parce que c'étaient des places au premier rang. Il s'imagine qu'on attrape ça par les postillons des acteurs!

– Je n'imagine rien, ma chérie. Tant que la science ne m'aura pas formellement assuré qu'il n'y a pas de risque de transmission par la salive, je ne m'assiérai dans un théâtre qu'à partir du troisième rang.

– Tu écoutes n'importe quels bobards.

– Bobards? Regarde ce que je lis dans *Le Monde*. Les entreprises de pompes funèbres de San Francisco demandent désormais mille dollars supplémentaires à la famille des victimes.

– En tout cas, Linda Evans, qui réclame je ne sais plus combien de millions de dollars à l'héritier de Rock Hudson, sous prétexte qu'elle a dû, pour des raisons professionnelles, embrasser copieusement sur le *set* un homme dont elle ignorait l'état, Linda Evans se porte fort bien, que je sache.

– Rien ne nous dit qu'elle ne va pas être atteinte dans quelques mois ou dans quelques années. L'incubation dure de six mois à six ans. La science n'a pas réussi à se prononcer formellement sur la durée au bout de laquelle une personne qui a été en contact intime avec un porteur peut être considérée comme hors de danger.

– Bernard, mon chou, ce qu'il faut avaler de sottises, dit Nicole en posant ostensiblement sa main sur le bras de son ami. Y en a marre de s'entendre bassiner avec les dix mille morts américains, alors qu'on a oublié du jour au lendemain les vingt mille victimes du tremblement de terre du Mexique, les vingt-cinq mille Colombiens ensevelis sous leur volcan. Tu veux des chiffres? Tu auras des chiffres! » déclara-t-elle à Robert, médusé une fois de plus par sa pétulance.

Remontée à fond par la double page de *Libé* qu'elle avait eu le temps d'éplucher pendant les trois quarts d'heure d'attente devant le Gaumont, elle se lança dans une diatribe généreuse où s'engouffra le riche courant de ses sympathies humaines.

« Ce ne serait pas la peine de s'être embêté un an en Suède si on n'avait pas appris de ces mangeurs de harengs au moins une bonne chose : à conduire sa voiture sans se transformer en danger public. Soixante à l'heure, ceinture obligatoire, et pas une goutte d'alcool dans les veines. Je ne hurlerai jamais contre une maladie ultraminoritaire, quand je sais que les accidents de la route provoquent des hécatombes cent fois plus homicides. *Libé* est le seul canard qui ait eu le courage de le dire : faites vos campagnes de presse en raison du danger réel encouru, et vous serez forcés d'accorder une ligne au sida contre une page entière aux retours de week-ends. Je lisais ça dans la queue pour le dernier Tavernier, et je pensais : " Ils ont bougrement raison ! " Rien qu'en France, la bagnole fauche plus de dix mille personnes par an, avec des pointes à douze mille. Le sida n'en a tué que quatre cents en cinq ans. Voilà ce que j'appelle un journal qui ne nous monte pas le bourrichon, un journal super. *Libé* demande, comme un léger progrès à obtenir de la moralité médiatique, qu'une horreur *au moins* équivalente à la panique déclenchée par le sida s'attache aux deux fléaux conjoints du massacre sur les routes et de l'abrutissement par l'alcool.

– La différence, coupa Robert, c'est que dans un cas tu meurs et tu contamines les autres en irresponsable, au nom de ton seul plaisir, par pur égoïsme, alors que les accidents de la route, tous les économistes te le diront, sont la rançon nécessaire à payer pour que l'industrie nationale prospère et pour que le commerce évite de s'enliser. Si tu pars en guerre contre les voitures, si tu limites trop strictement leur vitesse, si tu interdis aux conducteurs d'avaler la moindre goutte d'alcool, tu verras la vente des automobiles décliner, la santé économique de la France péricliter et le chômage monter en flèche.

– Le sida, repartit Nicole, commence à rapporter aussi. Il y aura des milliards et des milliards pour le pays qui mettra le premier au point le vaccin. Les personnes qui vont s'engraisser sur le sida seront bien plus nombreuses que celles qui en seront mortes. Oh! pardon, Bernard, s'exclama-t-elle. Mais je ne pense pas que parmi tes amis il y en ait qui se soient mis dans ce pétrin... C'est impossible, n'est-ce pas? Ça me met en boule d'entendre dire qu'il faut sacrifier dix mille crétins à la santé économique de la nation. En tout cas, conclut-elle, sans se rendre compte de ce que sa démonstration d'enthousiasme pouvait avoir de blessant, j'ai une envie folle de t'embrasser! »

Elle se dressa, entoura Bernard de ses bras et se souleva pour poser deux gros baisers mouillés sur ses joues. Robert calculait qu'il aurait à peine le temps, avant le dîner avec Bob, de découper les articles du *Monde* qu'il voulait ranger dans ses dossiers, et de rédiger un rapport sur les électrocompresseurs. Il profita de cet intermède pour appeler le garçon, payer, empoigner la serviette dont il ne se séparait jamais et donner le signal du départ.

Debout à côté de Robert, qui avait pris soin d'interposer sa femme entre Bernard et lui, Nicole le dominait d'une tête. Jusque dans leur apparence physique, pensa Bernard, la nature avait distribué les rôles entre les Fressard. Petit, fluet, le buste serré dans le gilet de son trois-pièces coupé juste, la taille cambrée, le cou raide, Robert avait toujours l'air de donner sa personne en exemple. Même avec des dons très ordinaires, semblait-il dire, car l'aigreur le rendait lucide, avec peu d'esprit, guère de compétence en cinéma et aucune disposition pour juger du style des auteurs, une bonne discipline intellectuelle suffit à faire d'un provincial un ambassadeur apprécié de l'économie française. Il serait un jour promu à la vice-présidence du conseil d'administration de sa société.

Nicole embrassa encore une fois Bernard, rajusta sur son nez les lunettes papillon, ramassa en vrac le paquet chiffonné de ses journaux qu'elle donna à porter à Robert, lequel, agrippé déjà à la serviette, s'excusa d'un signe de tête auprès de son ami de ne pouvoir lui tendre que deux doigts.

7

« ME garder de les juger », pensa Bernard en les voyant s'éloigner. Son ancienne blessure à la cuisse le faisait souffrir à nouveau. Comme chaque fois, la douleur l'inclinait à l'indulgence. Robert ne l'avait jamais aimé. Il l'avait subi, dans la préfecture de l'Ouest, pour faire plaisir à sa femme. Bernard à cette époque n'était pas encore très connu, mais on pressentait l'écrivain à qui des divinités bienveillantes procureraient une situation et une notoriété auxquelles ne pourrait jamais prétendre le plus dévoué serviteur de la plus puissante multinationale. La seule présence de Bernard, son indifférence même à son statut minable de professeur, causaient une irritation permanente à celui qui s'élevait péniblement, échelon par échelon, en se fondant sur les possibilités démocratiques d'avancement dans un pays qui avait des cadres recrutés sur diplômes, des trains toujours à l'heure, une presse indépendante des partis. Tout créateur, quiconque possède des dons qui ne sont pas à la portée de tout le monde, est une injure au mythe égalitaire et à la foi dans la répartition équilibrée des chances.

Impossible, cependant, d'en vouloir à Robert d'un sentiment que partageaient sans exception, dans le lycée où il avait fait ses débuts, les collègues de Bernard. Avec moins de raisons, semblait-il, de la part d'enseignants qui faisaient leur métier de la littérature, mais pour lesquels, en apparence, il n'y avait de bon auteur que mort. Robert, au moins, sous l'impulsion de la généreuse Nicole, invitait chez lui. L'Amérique, qui applaudit à tout ce qui a du talent et invente quelque chose, réussirait peut-être à le décrotter du petit-bourgeois envieux que tout Français porte en soi. En Californie, il apprendrait qu'un professeur à Berkeley, s'il publie un roman, reçoit une augmentation de traitement, alors qu'ici...

Publier des romans est incompatible avec la carrière universitaire, avait-on fait comprendre à Bernard.

Berkeley... Il avait noté le mouvement de recul de Robert quand il s'était approché de lui, son soin à éviter tout contact. Mais, pour être juste, et ne pas attribuer cette réaction à la seule peur, infondée et ridicule, de la contamination par la maladie de San Francisco, il dut reconnaître que Robert, depuis l'accident, ne lui montrait plus cette cordialité témoignée d'abord lorsque, surmontant par un effort loyal sa jalousie, il l'avait accueilli dans sa maison. Une gêne, bien naturelle, lui donnait envie de disparaître derrière son journal dès qu'il l'apercevait. Quatre ans déjà... La partie de chasse au bord de la Loire avait mal tourné, le fusil de Robert était parti tout seul et la balle venue se loger par mégarde dans la cuisse de Bernard. Il avait failli mourir d'hémorragie. Encore à présent, dès que le temps changeait, il souffrait d'élancements dans les muscles cruraux. Pourtant, il ne gardait pas un mauvais souvenir de l'épisode. Les religieuses de l'hôpital de Chinon l'avaient soigné avec une cistercienne gentillesse. De sa fenêtre, il voyait les ruines de la forteresse découper leurs murailles délabrées. Ce spectacle, l'évocation de la riche histoire du château, en contraste avec ses pans démantelés, lui avaient inspiré une de ses meilleures nouvelles. La critique, pour la première fois, avait noté qu'il n'était jamais aussi bon que pour parler de quelque chose qui a été autrefois prospère et fastueux, et maintenant se dégrade, victime d'un incurable déclin. Un journal de Saint-Brieuc avait qualifié ces pages de « néo-romantiques », épithète qui, reprise paresseusement à Paris, était restée attachée depuis ce temps-là à son œuvre et à son nom.

Un désir inconscient de revanche avait-il été à l'origine du geste maladroit de Robert ? Il se pouvait aussi qu'il eût entendu jaser sur l'amitié entre Bernard et sa femme, et, sans même se rendre compte de ce qu'il faisait, appuyé sur la détente avant de prendre toutes les précautions nécessaires. Personne n'avait formulé le moindre soupçon à ce sujet, bien entendu. Point n'était besoin d'invoquer un quelconque remords de Robert pour expliquer qu'il ne revît pas sans malaise un homme à qui sa balourdise avait pompé deux litres de sang. Le départ des Fressard à l'étranger avait arrangé les choses. Bernard restait en contact avec Nicole, qui lui envoyait des cartes postales et faisait seule, quelquefois, un saut jusqu'à Paris. Elle aimait bien Marc. Au reste, s'il y avait eu un coupable, ce ne pouvait être que la province, l'ennui de la vie qu'on y mène, et qui avait décidé leurs amis communs à organiser pour eux, en l'honneur de retrouvailles plusieurs années après leur départ de Bretagne, une de ces parties de chasse toujours stupides et criminelles, même si des animaux sont seuls à payer de leur sang le besoin de distraction des humains.

L'ennui de la province... S'amusait-on plus à

Paris? La vie y était-elle plus brillante, plus excitante? N'était-ce pas un cliché que de dire qu'on végète en province, pour éviter de voir que la vie, aujourd'hui, est partout la même, partout aussi monotone et banale, parce qu'elle se déroule identique pour tout le monde? Les gens venaient à Paris pour échapper à la grisaille de la province, mais qu'y retrouvaient-ils, sans se l'avouer? La même grisaille, ornée des mêmes colifichets.

Nicole avait pris sa place dans la queue devant le cinéma de l'autre côté du boulevard, où l'on projetait le dernier film de Coppola : qui venait de sortir, la même semaine, dans la ville de l'Ouest où il avait connu les Fressard, et qu'elle avait fuie par désir de « vivre », de mener une existence plus intéressante, plus riche. Volonté qui l'avait menée à Paris, puis à Göteborg, qui la conduirait bientôt à Berkeley, où elle n'aurait rien de mieux à faire que de se précipiter dans le cinéma qui projetterait ce qui serait alors le nouveau film de Coppola. Elle en sortirait aussi déçue que des précédents, vaguement écœurée d'être une fois de plus la dupe de l'industrie du spectacle, mais condamnée par cet écœurement même à chercher d'autres sensations fortes, c'est-à-dire à faire la queue devant d'autres cinémas...

Et pourtant, se dit Bernard en la voyant disparaître derrière le guichet, elle non plus ne devait pas être jugée trop sévèrement. Il y a cinquante ans, Nicole eût été une pionnière. Il y a vingt ans encore, son énergie l'eût mise au-dessus des millions de femmes soumises aux traditions qui assignaient à leur sexe des tâches bien précises à l'intérieur de la maison. Elle s'était affranchie de la religion, émancipée de sa famille, dégagée de l'esclavage domestique en donnant à ses deux enfants – en ce moment, peut-être, ils profitaient des dernières glaces pour patiner sur le Kattegat, la clef de l'appartement attachée à leur cou – une éducation contraire à celle qu'elle avait reçue. Oui, Nicole n'était pas une femme banale, il aurait fallu l'admirer pour son cran, si, en même temps qu'elle, la majorité des femmes de sa génération ne s'étaient mises à secouer la tutelle du mari et le fardeau du ménage. Nicole était devenue la copie conforme du nouveau modèle de la femme libérée. Ce qui, vingt ans plus tôt, eût paru neuf, original, courageux, sentait déjà la convention, la règle. Sortir, aller au spectacle, voyager, elle s'acquittait des nouvelles obligations de la femme avec un héroïsme si désespéré qu'elle finirait par devenir un bas-bleu accompli, capable de réciter le *cast* des dix meilleurs films de l'année, avec le même élan joyeux que mettait autrefois sa grand-mère de Redon à énumérer les ingrédients pour la blanquette de veau.

De la blanquette de veau, Bernard passa à la dinde de Noël de Mme Lavergne. Il n'aurait pas osé le dire aux chercheuses en sciences humaines qui lui apportaient leurs manuscrits, mais cette Italienne bavarde, brouillonne, débordant d'une grasse et remuante vitalité, dont l'horizon se limitait aux murs de sa cuisine et dont les quatre Evangiles arboraient pour emblèmes le balai, le dé à coudre, le fourneau et l'évier, lui paraissait bien plus savoureuse, irriguée d'une sève bien plus personnelle que les Françaises émancipées. Sicilienne d'origine, elle avait gardé, de ces plantureuses matrones entrevues avec Marc dans les rues de Palerme, la générosité, la faconde, le pathos volubile. Du matin au soir des émotions intenses faisaient de sa vie un riche opéra baroque. La brouille de ses fils l'excitait comme un duel entre deux paladins de Charlemagne. Saint Joseph et saint

Antoine descendaient à sa rencontre sur un nuage rose, elle leur touchait le manteau et les suppliait avec des tremblements dans la voix. Le chat noir qui traversait sa route ne la regardait pas avec des yeux anodins de quadrupède, mais avec les deux prunelles flamboyantes du démon. Elle se signait en croisant les personnes qui vont deux par deux dans la rue, bonnes sœurs, agents de police ou ramoneurs, Bernard n'avait jamais su pourquoi. De même qu'il ignorait l'utilité du morceau de journal collé à un des carreaux de la fenêtre de sa cuisine : peut-être, supposait-il, pour que les esprits mauvais qui flottent par le monde et peuvent venir troubler la cuisson des aliments, fausser la dose de sel, jeter le désordre dans la famille, épuisent leur énergie à déchiffrer les petits caractères imprimés.

Comme cet emploi du journal semblait à Bernard plus amusant, plus vécu, plus vrai, que les fébriles tentatives de Nicole pour se mettre à la page en compulsant la rubrique des spectacles! Que signifiait aussi cette paire de ciseaux ouverte accrochée à un clou au-dessus de la porte d'entrée? De quelles influence malignes les lames fourbies une fois par semaine avaient-elles pour mission de couper la vigueur, avant le passage du seuil? N'eût été la crainte de blesser Marc en l'interrogeant sur des superstitions d'un autre âge, Bernard eût demandé au jeune homme de lui parler de sa mère, de ce qu'il savait d'elle, de son enfance méditerranéenne. Un monde intéressant et plein! La fidélité indéfectible aux traditions, l'identification complète au schéma de la *mamma* du Sud, pour le dire comme les sociologues, avaient préservé chez Mme Lavergne une fraîcheur, une originalité perdues par les hardies lectrices de *Libé*.

Quelle platitude que la vie dans ce pays... Aucune forme d'aventure n'y était plus possible. La société de consommation avait fixé des modèles auxquels tout le monde devait se conformer. « Et moi le premier... », se dit Bernard en franchissant le pont du Louvre. Il y avait beau temps qu'il ne donnait plus l'exemple de la rébellion. En quoi pouvait-il se permettre de critiquer les autres? Sa vie à lui ne s'était-elle pas aussi uniformisée, banalisée? N'eût-il pas été d'une mauvaise foi insigne que de continuer à se prendre pour un marginal? Rien, en vérité, ne le distinguait plus de Robert Fressard ou de son épicier, que la nostalgie de l'époque où, à celui qui ne voulait pas ressembler à ses camarades ni à ses parents, s'ouvrait une voie interdite, pleine de risques et d'obstacles.

Qui ou quelle circonstance décide de l'orientation sexuelle d'un adolescent? Bernard estimait que, dans son cas, l'attrait du défendu, du périlleux avait compté autant, sinon plus, que le simple instinct, l'élan spontané. Ne pas devenir comme tout le monde, entrer dans une franc-maçonnerie secrète, porter en soi les signes d'une élection mystérieuse qui vous met à part et au-dessus des autres... Dès l'âge de quatorze ans, quand il avait dû renoncer à la société des pirates et des corsaires, son esprit, à partir des statues de Praxitèle et de Phidias que lui montrait son père, s'était enflammé pour des images rendues plus attirantes par l'impossibilité d'en parler autour de lui que par des scènes qu'il était encore trop jeune pour se représenter. Bien avant de comprendre que le Discobole, l'Apollon Sauroctone, l'Antinoüs n'avaient pas été seulement, pour ceux qui les avaient sculptés ou possédés, de froides effigies de marbre, il avait constaté que les détails qui intéressaient son père et déclenchaient l'éloquence du professeur Morin, n'étaient pas les parties sur lesquelles ses yeux à lui se posaient. Ce qui l'émouvait dans l'art grec devait être passé sous silence.

Tristes temps, ensuite, sombre jeunesse, lorsque le moment fut venu de désirer et d'aimer, et qu'on le força à cacher comme une tare honteuse ce qui faisait la fierté et la joie de sa vie ! Mais la souffrance est la garantie de l'authenticité des passions : le monde moderne, en refusant la douleur, s'est privé du moyen de les vivre en profondeur et en beauté. Bernard se pencha au-dessus du parapet et regarda les couples descendus près de la Seine. Que sauraient de l'amour les jeunes gens qui, profitant de la magnifique journée de printemps, se vautraient presque nus sur la berge, s'embrassaient et se caressaient en public ? Aucun de ces garçons ou de ces filles n'était à envier. Ils ne connaîtraient ni le frémissement de l'attente, ni les délices de l'anxiété, ni l'intensification du désir que seule procure la privation. Le monde avait fait un marché de dupes, en jurant que la tragédie de Roméo et Juliette ne se répéterait jamais, et en permettant aux enfants de s'aimer. Comme lui-même, pensa encore Bernard, s'était jeté étourdiment dans la lutte pour la libération des mœurs, sans prévoir que la conquête de leurs « droits » par les gays ferait disparaître, avec les dangers qui les obligeaient à mille précautions, tout ce qui rendait leur vie excitante.

Il exagérait, bien sûr, il oubliait maintenant ces années de frustrations et d'humiliations où la meilleure part de l'amour, le bonheur de crier qu'on est heureux, lui avait échappé, obligé qu'il était de mentir, de porter un masque odieux. Et Marc, alors, et la douceur de leur existence commune, il en faisait donc bon marché ? Qu'en eût-il pensé, Marc, de ce regret mélancolique d'une époque où il ne leur eût même pas été permis de s'installer ensemble? Leurs amis mariés avaient fait bon accueil à leur couple, les commerçants de la rue de Douchy les traitaient cordialement, leur concierge, forçant sur sa hanche arthritique, leur montait une portion de bœuf miroton prélevée pour eux dans sa marmite. Il aurait fallu être bien ingrat pour mépriser ces avantages apportés par la société de tolérance et croire qu'on vivrait plus intensément en se faufilant à nouveau dans l'ombre. Avec tout ce qu'il y avait en lui de raison, de besoin de franchise, de goût pour la justice et la vérité, Bernard ne pouvait que se réjouir de la mutation survenue en moins de vingt ans. Mais une autre part de lui-même regimbait à admettre que le bilan fût seulement positif.

« Néo-romantique! Voilà ce que je suis! se dit-il en riant. Et même pas néo-romantique! Mais romantique tout court, romantique attardé! » Il avait beau se moquer des journalistes, ils l'avaient épinglé, et comment! Seul un romantique pouvait souffrir de la platitude de la vie actuelle et accuser le monde d'être devenu banal, au moment où le progrès, dans tous les domaines de l'activité humaine, étendait sur la vieille planète misérable un manteau d'hermine triomphal. « Néo-romantique! » se répéta-t-il, content de dissimuler sous cette épithète qui lui paraissait un peu ridicule l'appréhension de reconnaître que le critique de Saint-Brieuc ne s'était pas trompé. L'écrivain de quarante-cinq ans, reconnu de la critique et du public, était resté le petit garçon qui vient de finir tout tremblant la lecture de *L'Ile au trésor* et guette le martèlement de la jambe de bois de l'aveugle sur le pavé glissant, dans la brume qui étouffe le fanal.

Plus de pilons ligneux, aujourd'hui. Plus aucune

forme d'aventure. Plus même d'aveugles, depuis que les pouvoirs publics ont décidé de les appeler des « non-voyants ». De même qu'on ne promène plus les morts en grande pompe dans les rues et que les cortèges funèbres filent à toute vitesse, de même on a voulu, par cette supercherie verbale, abolir l'horreur de la cécité. Comme si, entre celui qui voit et celui qui ne voit pas, il n'y avait pas plus de différence qu'entre un bien-portant et un enrhumé. Pauvre Œdipe, volé de sa tragédie... Son geste n'aura plus aucun sens pour les générations futures, quand le mot pour désigner l'homme qui s'est crevé les yeux et a choisi l'opacité des ténèbres aura disparu du vocabulaire... Dans quelle colère serait entré Beethoven si on lui avait fait savoir qu'il n'était pas sourd, mais « mal entendant »! Il aurait cassé l'ardoise où l'on aurait écrit cette offense, pour signifier qu'il rompait toute relation avec le monde et se retirait définitivement, comme un roi absolu, dans la forteresse de son infirmité.

Se différencier des autres... Mais par quel moyen, lorsqu'on est en bonne santé, à part un léger élancement dans la cuisse, et qu'on use d'une tolérance reconnue à quatre millions de Français?

Le ressentiment de Bernard augmenta lorsqu'il traversa la cour du Louvre et assista au réembarquement dans les cars des centaines de visiteurs que le musée venait de mettre à la porte. La rencontre avec les œuvres d'art, qu'on attendait il y a vingt ans encore avec des palpitations, à laquelle on se préparait longtemps à l'avance, en s'imposant des sacrifices pécuniaires, n'était plus qu'une formalité. A dix-huit ans on passait son permis de conduire, à quarante ans « on avait fait » les Offices, le Prado, l'Ermitage, le Met. « Est-ce que je vieillis ? » se demanda Bernard, inquiet soudain d'avoir formulé un cliché que *Le Figaro* auquel étaient abonnés ses parents reprenait chaque été, pour mettre en garde les vacanciers et leur proposer des itinéraires « alternatifs ». Vaines recommandations, quand on a perdu la fraîcheur d'émotions que seuls conservent le sentiment de la difficulté des choses, la conscience des obstacles à surmonter et tout ce qui aiguise la capacité de jouir d'un bien qu'on n'a pas trouvé à portée de sa main en naissant. Aujourd'hui, avec la simplification des voyages, l'abaissement du prix des places d'avion, les remises offertes par les comités d'entreprise, on aurait l'air idiot de rester à la maison. Il faut faire ses bagages et partir, on a le choix entre l'Egypte, Ceylan ou Rio de Janeiro, la décision se prend d'un cœur aussi léger qu'on pointe sur la liste de son *Pariscope* les films intéressants de la semaine.

Bernard enfila l'avenue de l'Opéra. Au croisement il regarda dans la rue Sainte-Anne où bientôt, sans doute, les agences emmèneraient les touristes visiter le Sept, le Piano et les autres boîtes historiques. Jadis caches secrètes, cavernes clandestines dont on descendait les marches avec la frayeur des initiés qui frappent à la porte du temple, elles étaient devenues les vitrines d'un commerce prospère. Bernard se dépêcha de traverser. Il ne pouvait nier l'utilité d'établissements où il lui arrivait encore de se rendre – de plus en plus rarement, à vrai dire, la promiscuité hasardeuse du métro ou de n'importe quelle foule lui paraissant plus stimulante que ces rassemblements de personnes appartenant à la même catégorie –, mais la récente et irrévocable laïcisation de ces lieux autrefois sacrés avivait son amertume. « De ce qui faisait notre honte et notre gloire, se dit-il, l'Etat tire maintenant des devises. » Un découragement le prit, à l'idée qu'il ne pourrait plus jamais penser de lui-même qu'il était un étranger sur la terre, investi d'une mission par un dieu invisible.

Les magasins d'articles de Paris, les agences de voyages, les banques, les compagnies d'aviation se partageaient les deux côtés de l'avenue. Ce qui était une des plus grandes librairies de la rive droite avait consacré la moitié de sa devanture aux romans d'espionnage de Ken Follett, l'autre moitié aux ouvrages en format de poche de Jean Genet. Une photographie d'Amsterdam exposée à la KLM rappela à Bernard le manuscrit sur lequel on attendait son jugement.

Avec quelle assurance le jeune auteur, qui lui apportait un premier roman, avait déposé le texte sur son bureau ! En voilà un que devaient faire rire les légendes sur la nécessité de s'enfermer dans une chambre pour vivre les affres de la création. « Me proposera-t-il dix mille ou vingt mille francs... » telle était la seule inquiétude que trahissait le visage poupin de son interlocuteur.

« J'ai misé sur la came pour mon premier bouquin. Fallait le faire, non ? »

Ce manuscrit tracassait Bernard. Il décida de le relire, à tête reposée, pendant le week-end, lorsqu'il aurait oublié le rire satisfait qui avait accompagné cette déclaration. « Miser sur la came. » Le misérable ! L'angoisse de trouver pour lui-même un sujet de pièce le rendait peut-être injuste. En tout cas, ce ne serait pas une pièce sur l'homosexualité. Il ne « miserait » pas sur un thème qui était devenu à la mode et garantissait au plus médiocre roman un public de cinq à dix mille lecteurs.

8

Le lendemain du téléfilm américain, histoire d'une famille new-yorkaise qui révéla au grand public l'horreur de la nouvelle peste, Marc traversa la rue et entra dans la boucherie. Convaincu que les gens, après le spectacle d'une si grande détresse et devant l'exemple d'une telle dignité dans l'épreuve, se seraient réveillés meilleurs, plus humains, il prit sa place dans la queue, derrière la concierge du 15, qui venait acheter du mou pour son chat.

Devant, une jeune femme enceinte, dont le cabas débordait de légumes, consultait la liste de ses emplettes et cochait, avec un bâton de rouge à lèvres, les articles manquants. Marc reconnut ensuite M. Prigent, le marchand d'oiseaux, un peu fou, celui-là, illuminé et végétarien. Il prenait tous les matins cent grammes de viande hachée, qu'il allait jeter dans le ruisseau. Ainsi, disait-il, il y aurait un peu moins d'infamie dans le monde. M. Rignault avait pris en pitié cet original. Au lieu de lui hacher de la viande de bifteck, il mettait dans le moulin quelques débris incomestibles, pour lesquels il lui demandait la somme, symbolique et invariable, de cinquante centimes. Comme une bigote qui a déposé son aumône dans la sébile du sacristain, M. Prigent sortait radieux de la boutique. Il se débarrassait de l'article impur dans le caniveau, et retournait tout guilleret à ses volatiles.

Appuyée au comptoir pour soulager sa hanche arthritique, Mme Rinquintin, leur concierge, examinait d'un air soupçonneux les morceaux de daube étalés devant elle. Le boucher, jovial et ventripotent quinquagénaire, nettoyait la lame de son tranchoir. Lorsqu'il vit entrer Marc, il se pencha vers la vieille femme et lui murmura quelques mots à l'oreille. Mme Rinquintin se tourna à demi pour apercevoir le jeune homme. Elle hocha la tête en signe d'assentiment. Pierre, le fils de M. Rignault, épais et coloré pour son âge, sortit de la chambre froide, courbé sous un demi-bœuf. Il déposa son fardeau et s'apprêta à hacher pour M. Prigent les cent grammes de cartilage que son père avait poussés sur l'établi. Marc se faisait servir d'habitude par Pierre. Il essaya de capter son regard, mais Rignault fils, absorbé au-dessus du moulin, ne leva pas une seule fois la tête.

Mme Rignault, assise derrière la caisse, ne saluait jamais personne. Les lèvres pincées, les joues peintes, les cheveux tirés en chignon, le buste comprimé dans une blouse de satin chatoyant, elle saisissait du bout des doigts les billets qu'elle faisait disparaître en vitesse dans le tiroir, pour bien montrer quel dégoût lui inspirait la manipulation de l'argent. Toute sa personne clamait la stupeur indignée d'être née bouchère et de devoir supporter la compagnie de deux hommes dont les mains rouges et pataudes, la trogne luisante, le tablier ensanglanté tranchaient si douloureusement avec sa propre élégance.

Quand la concierge du 15 eut emporté son mou, Marc, comme les autres matins, tendit la main à M. Rignault. Le boucher, sans paraître remarquer le geste de son client, continua à fourbir son couteau. Marc se tourna vers Pierre, qui commençait à découper la moitié de bœuf dans le fond de la boutique. D'une voix à peine altérée, il lui demanda deux côtelettes de mouton.

« Pierre est occupé, dit M. Rignault en écartant d'un revers de sa puissante main, son fils qui s'approchait du comptoir. Des côtelettes premières, monsieur Lavergne ? »

Marc regarda tour à tour M. Rignault et Pierre. Ils s'étaient figés dans une attitude contrainte. Le boucher triturait son tablier de ses gros doigts violacés. Pierre avalait avec peine. On voyait par l'échancrure de sa chemise à carreaux monter et descendre la pomme d'Adam. Mme Rignault, raide sur sa chaise qui jamais ne se transformerait en trône, n'exprimait rien d'autre que son imperturbable majesté de reine en exil. La concierge du 15 jeta un coup d'œil sur Marc en sortant. La jeune femme enceinte passa sans regarder. Devant le magasin, M. Prigent, le marchand d'oiseaux, jetait son achat dans la bouche d'égout. Le rite purificateur accompli, il s'éloigna d'un pas alerte. De nouveaux clients attendaient derrière Marc. Ils ne comprenaient pas ce qui arrivait et pourquoi le jeune homme, au lieu de prendre les côtelettes déposées devant lui et de porter son ticket à la caisse, promenait sur l'assistance ce regard interdit.

Il paya, d'un geste machinal, et sortit avec son paquet. Rentré à la maison, il eut envie d'appeler Bernard et de lui raconter la scène. M. Rignault, d'habitude si cordial ! Et Pierre, qu'il tutoyait... Mais il se ravisa, en pensant que Bernard attacherait à l'épisode une signification disproportionnée à son importance. Il jugerait comme un affront le seul effet de l'ignorance et de la sottise. Peut-être même, dans cet incident, distinguerait-il le premier symptôme d'une nouvelle persécution. Se sentir une fois de plus rejeté, quelle tentation pour lui... Ce que redoutait le plus Marc, dans cette affaire du sida, c'était de voir son ami réagir hors de propos à l'inquiétude d'une partie de l'opinion, et tirer prétexte d'un petit courant de méfiance pour retomber dans les idées fausses dont trois ans de bonheur n'avaient pu venir à bout.

Quelque question que le jeune homme se posât sur les risques de contamination dans les endroits où le conduisaient ses « sorties », nocturnes, il s'était toujours gardé de soulever le problème devant Bernard. Il ne parlait du sida qu'avec ses camarades de la fac et cachait dans le tiroir de son bureau un lot d'articles et de brochures.

Que n'eût-il, ce soir encore, tenu sa langue! Bernard s'étonna de trouver sur son assiette, au lieu de la grillade coutumière, hommage à l'alimentation rationnelle, une monumentale *pasta* enrichie de petits pois, de lard et de crème fraîche.

« Il y a une surprise! » lui avait dit son ami, lorsqu'il était rentré du bureau.

Bernard approuva cette initiative. Dans la cuisine aux carreaux de Delft, les deux convives attaquèrent leur portion. Planter la fourchette dans l'écheveau ondoyant des spaghetti, enrouler les serpents de pâte qui ne cessent de s'échapper et de retomber dans l'assiette, installer au sommet du rouleau un morceau de lard et un petit pois, porter cet édifice à sa bouche sans qu'il s'effondre en chemin et que tout soit à recommencer, cet exercice de haute voltige donna lieu aux grimaces et aux plaisanteries habituelles.

Mme Lavergne avait invoqué la Reine des cieux et imploré pour lui le pardon de saint Isidore, patron des laboureurs, en découvrant que Bernard s'aidait d'une cuiller. Elle-même, loin d'avoir acquis en quarante ans d'expérience quelque adresse, se couvrait d'éclaboussures en mangeant. Mais se servir d'une cuiller ou de tout autre instrument qui aurait limité les dégâts, eût été une offense à la tradition. Bernard renonça d'abord à la cuiller, puis à l'espoir de se tirer de l'opération sans consteller ses doigts, le pourtour de sa bouche, la table autour de son assiette et sa serviette nouée pour la circonstance autour du cou, d'une quantité de petites taches de sauce qui finirent par lui paraître associées aussi nécessairement au rituel de la *pasta* qu'une pluie abondante aux mystères de la fécondation du blé et de la maturation des épis.

Dans la substance même d'une assiettée de pâtes à l'italienne, dans cette profusion onctueuse du féculent, il reconnaissait toute la générosité du Sud, la prodigalité des *mammas* qui dispensent sans compter les trésors de leur opulence nourricière. Quelle différence entre la grillade diététique et cette ruisselante manne maternelle ! Bernard, soucieux de garder sa ligne, ne tenait pas à manger trop souvent de ce plat. Mais, les jours de débordement, il se laissait envelopper et bercer avec une jubilation enfantine. Marc, élevé aux spaghetti par une mère sicilienne, vidait son assiette plus rapidement et plus posément.

« Tu sais ce que je pense ? fit Bernard en s'essuyant la bouche. Si je pouvais croire en Dieu, je verrais comme une preuve de son existence le fait qu'il n'a mis en Sicile ni herbe grasse ni vaches bien nourries. La viande manque d'ubérosité, de faste, elle ne parle pas à l'imagination, pour des gens qui ont besoin, même à table, de se rouler dans le flot de tendresse où leur enfance a baigné...

Il ne faudrait pas dire ça à M. Rignault, par exemple !

– Non, dit Marc en pâlissant.

– Qu'est-ce que tu as, Ratonne ? Pardon : mon petit Marc.

– Oh ! je crois que bientôt tu pourras m'appeler " Ratonne " de nouveau ! » dit Marc, qui regretta aussitôt d'avoir lâché ces paroles. Il reprit son calme, et, le plus objectivement possible, d'une voix d'où il s'efforça de bannir toute amertume, il raconta la scène chez le boucher.

« Tu es sûr ? Tu es sûr qu'il a fait exprès ? demanda Bernard.

– J'ai très bien vu que, lorsque je suis arrivé, M. Rignault s'est penché vers Mme Rinquintin. Il n'est pas difficile de deviner qu'il lui a demandé la confirmation d'un fait qui ne l'avait jamais empêché d'être cordial avec nous ni de me serrer la main.

– Pourquoi ce revirement ?

– Le téléfilm d'hier soir, Bernard. Toute la France l'a vu, sauf toi.

– Dans ce téléfilm, y avait-il quelque chose de nature à inciter un boucher à éviter de serrer la main de son client gay ?

– Au contraire. Je l'ai trouvé un modèle de pondération, d'intelligence. Mais, dans le crâne du boucher, homosexuel est devenu synonyme d'infecté par le sida.

– Toute la France va penser comme M. Rignault ? »

Marc remarqua que Bernard avait posé cette question nullement affligé ni soucieux ; d'une voix au contraire animée et rajeunie, comme si l'éventualité d'un retour à l'intolérance lui paraissait une nouvelle stimulante. Pour couper court à la discussion, le jeune homme se leva, ouvrit le réfrigérateur et dit :

« Mais non, évidemment! Pierre avait l'air malheureux que son père lui interdise de me servir. N'empêche, je n'irai plus dans cette boucherie. Je n'ai pas envie de manger ces côtelettes que je lui ai achetées. Tiens! J'ai une idée! Si nous allions les offrir nous aussi, en sacrifice, au cabot de Mme Rinquintin? M. Prigent a pris pour cinquante centimes de tendons et les a immolés séance tenante devant la boutique de M. Rignault. Les fous voient plus clair que nous. Un mouton entier ne serait pas suffisant! »

Ils rirent. Marc imita la démarche funambulesque et ahurie du marchand d'oiseaux.

« Pourquoi ne m'as-tu pas raconté ta mésaventure au téléphone? » demanda Bernard, lorsqu'il eut réussi à capturer le dernier petit pois.

Marc haussa les épaules.

« On ne va pas faire une histoire parce qu'un commerçant stupide a compris de travers son émission de télé!

– Si cet épisode avait aussi peu d'importance que tu le dis, tu aurais fait cuire les côtelettes. La *pasta*, avoue qu'elle a été pour toi un refuge, un moyen de courir vers ta mère, de jeter tes bras autour de son cou, comme lorsque tu étais enfant. " *Mamma*, aime-moi, aime-moi comme je suis, pédé comme je suis. "

– Bernard, tu m'avais promis que tu n'emploierais plus jamais ce mot entre nous, même pour rire. Surtout pour rire, se reprit-il.

– Tu crois que M. Rignault se gêne, ce soir, pour nous traiter de pédés et essayer de remonter dans l'estime de sa pimbêche de femme en se vantant d'avoir refusé de serrer la main à un pédé? Et tu crois que tous les connards du quartier ne vont pas sauter sur l'occasion de nous jeter à la figure une insulte qui leur démange le fond de la gorge depuis vingt ans ?

– Tu as l'air presque content, murmura Marc, effrayé.

– Je suis content que tu sois forcé de prendre un peu plus au sérieux le sida.

– Mais Bernard ! s'exclama le jeune homme. Tu ne m'en avais jamais parlé auparavant ! C'est la première fois que nous abordons le sujet. Tu ne peux pas présumer de mon point de vue, encore moins me le reprocher.

– Le journal que tu lis minimise la gravité de l'épidémie.

– Et alors ? Le tien la surestime. Leurs raisons sont aussi mauvaises, à l'un et à l'autre.

– Je suis heureux de te l'entendre dire. *Libé*, en champion de la vertu, s'est élevé contre la rumeur qui attribuait au sida la mort de Michel Foucault. En d'autres circonstances, c'eût été comique de voir un journal de gauche juger calomnieuse l'idée que le premier philosophe de France eût des mœurs qui l'exposaient à ce genre de contamination.

– *Gai Pied* aussi a commencé par nier la gravité du sida.

– Les médecins gays ont attendu l'an dernier pour recommander le Safer Sex... Bravo ! Quatre ans après le début de l'épidémie !

– Parce qu'ils avaient peur de faire le jeu des bien-pensants. »

Marc revit le visage pathétique de Mme Morin, sa bouche crispée, ses lèvres tremblantes. « Dix morts ou cent morts, n'est-ce pas aussi épouvantable ? » avait-elle murmuré, bouleversée par les révélations du *Figaro*.

« Une partie de la presse américaine, reprit-il,

proclame que le sida est le châtiment envoyé par Dieu. Nous avions commis trop d'excès, le feu du Ciel est tombé sur nous. Comme le peuple de Sodome, nous payons notre audace sacrilège. Je t'assure que mon frère, s'il l'osait, écrirait ses articles dans ce style. Les gays ont peut-être eu tort de ne pas signaler à temps les dangers de la contamination, mais le plus important, à mon avis, était de mettre la Bible de côté et de dire aux gens : non, le sida n'a rien à voir avec une punition divine. Ne cherchez pas une signification surnaturelle à une affaire de globules blancs. Le sida n'est pas un problème religieux. Le sida n'est pas un problème moral. Le sida est un problème strictement scientifique.

– Tu as raison mais dans l'abstrait. Aucune des victimes atteintes par le sida ne verra les choses comme toi. Celui qui se sentira mourir de cette corruption mystérieuse ne pourra s'empêcher de s'interroger sur sa vie et de se demander : pourquoi moi ? Qu'ai-je fait pour mériter cette fin ? Même s'ils ne croient pas en Dieu, tous les hommes, à moins d'être des bêtes, ont le sentiment d'occuper une certaine place dans l'ordre du monde. Si mon tour venait d'être contaminé, je serais amené à faire mon examen de conscience et à me demander : en quoi, par ma façon de vivre, ai-je contrevenu à l'ordre du monde ? Toi aussi, Marc, si tu étais atteint, tu n'incriminerais pas seulement la prolifération de tes globules blancs. »

Marc, inquiet de voir resurgir chez Bernard son éducation puritaine, profita de la bévue qu'il venait de commettre pour reporter la discussion sur le terrain médical.

« Il ne s'agit pas de la prolifération des globules blancs ! C'est tout juste le contraire qui arrive ! Tu pourrais éclairer ta lanterne ! »

Encouragé par la mine penaude de son ami, le jeune homme prit son souffle et se concentra pour être éloquent.

« Dans les conditions normales, les globules blancs assurent la défense de ton organisme, en neutralisant les agressions microbiennes. Si ces globules blancs, pour une raison ou une autre, ne sont plus en mesure d'assurer leur rôle, les microbes, laissés en liberté, se mettent à pulluler dans ton corps, et tu finis par mourir, non pas d'un fléau rédempteur qui n'existe que dans l'imagination exaltée des pourfendeurs de Belzébuth, mais de la somme des infections que tu attrapes en raison de l'écroulement de tes défenses. Sans leucocytes protecteurs, une pneumonie peut être fatale. Quelle est l'origine et la nature du virus qui grignote les leucocytes et les met hors de combat, pourquoi ceux-ci se laissent-ils détruire, trouvera-t-on la parade en attaquant le virus lui-même ou en renforçant la capacité de résistance des globules blancs, voilà les seules questions intéressantes. J'ai l'air de te faire un cours, Bernard! Mais les gens parlent à tort et à travers du sida, sans posséder un minimum d'informations. La plupart croient que c'est une maladie, une entité ayant une existence en soi, le nom du châtiment décrété contre les coupables. Il y a des prêtres en Amérique qui brandissent le sida comme un anathème céleste. Or le sida, ce n'est rien, c'est un sigle, ce sont quatre lettres, pour signaler l'effondrement du système immunitaire. »

Marc évalua l'effet de ses paroles sur le visage dubitatif de son vis-à-vis, et, par un nouvel effort de persuasion, conclut rapidement.

« Les curés feraient mieux de se demander pourquoi Dieu a créé les microbes, que tu portes en permanence dans ton organisme, et qui sont prêts à te sauter dessus à la moindre défaillance de tes globules blancs. Ce n'est pas le sida qui tue, c'est la pneumonie, c'est la diarrhée, c'est la méningite, c'est l'encéphalite, ce sont les innombrables germes, bactéries, candida, champignons, amibes, toxoplasmes, salmonelles dont le Tout-Puissant a pétri ton corps le sixième jour de la Genèse et qui font partie, depuis l'origine, de ce que tu appelles l'ordre du monde.

– Bien parlé, Marc! Un savant et un prêtre étaient partis un jour herboriser au bord d'un étang. Le prêtre s'extasiait devant l'habileté du lézard à gober les moustiques. " Quelle prévoyance de la part du Seigneur, s'écria-t-il, que d'avoir créé le lézard! Regardez comme il nous débarrasse des êtres malfaisants! " Le savant répliqua que Dieu eût manifesté plus sûrement sa bonté en s'abstenant de créer les moustiques.

– Mais toi, fit le jeune homme, mis en garde par le ton railleur de Bernard, tu trouves le savant aussi borné que le prêtre.

– Il y a des gens qui ont envie de se faire piquer par les moustiques, voilà où cloche le raisonnement. Ta belle démonstration ne m'explique pas pourquoi les salmonelles et les autres saletés que tu m'as nommées choisissent toujours les mêmes victimes et se nourrissent des leucocytes d'une seule partie de la population. »

Marc poussa un juron et faillit renverser la bouteille de vin.

« Ah non! Je t'arrête tout de suite! Tu sais très bien que les femmes et même les enfants peuvent être touchés. Le virus se transmet par le sperme mais aussi par le sang. Une transfusion sanguine avec du sang provenant d'un séropositif suffit à t'inoculer le virus. Crois-tu que le petit Pascal, qui est mort âgé de deux ans et demi à l'hôpital de

Montpellier, avait dérangé l'ordre du monde? Au Zaïre, sur cent malades, cinquante sont des femmes, et, sur les cinquante hommes, vingt-cinq seulement sont homosexuels. Au début de l'épidémie, à Kinshasa, les autorités prêchèrent le retour à la continence. Les Zaïrois, dont la langue officielle est le français, avaient surnommé le sida « syndrome imaginaire pour décourager les amoureux ». Ils se moquaient de ce qu'ils pensaient être un stratagème du gouvernement pour combattre le relâchement des mœurs. Quand on ne trouve pas de réponse scientifique à un problème scientifique – et c'est le cas pour le sida, non seulement au Zaïre mais en Europe et aux Etats-Unis –, l'infirmité de l'esprit humain le pousse à chercher Dieu ou le diable. Au XVIIe siècle, quand la peste ravageait l'Europe, et qu'on n'avait pas la plus petite idée des moyens de la soigner, on envoyait au supplice les vagabonds accusés de peindre sur les portes des croix empoisonnées. »

Bernard fit un geste d'impatience.

« Trop d'arguments nuisent... Je ne possède pas les chiffres comme toi. Si 10 pour 100 des malades atteints de sida en Europe et aux Etats-Unis ont été contaminés par le sang, cela veut dire que personne n'est à l'abri du fléau. Il n'en reste pas moins que 70 pour 100 des victimes sont des homosexuels, et surtout que l'épidémie a commencé par leur faute. Le sida s'est implanté aux Etats-Unis dans les communautés de gays, il est passé en Europe à la suite des échanges entre les gays des deux continents. Ne trouves-tu pas étrange, et stimulante pour la réflexion, la coïncidence de ces deux faits : d'une part la libération des mœurs, la rupture de toutes les contraintes qui subordonnaient le plaisir à l'amour, le sexe au sentiment, l'apparition, pour la première fois dans l'histoire de l'humanité, d'une civilisation fondée sur la déroute totale des inhibitions, le développement de villes entières réservées aux échangistes gays, comme Los Angeles ou San Francisco, d'autre part l'épidémie de sida? Je ne vois nullement la main de Dieu dans ce coup de semonce – c'est trop aimable à toi de m'associer à ton cher frère et à ses crétins de lecteurs. La nature elle-même ne supporte pas la complète liberté. Elle regimbe contre l'épanouissement sans limites de ses possibilités. Elle demande... Que demande-t-elle? Je ne sais pas, je cherche à comprendre... Toute plénitude, peut-être, porte en elle le ferment de sa destruction. Tout ce qui se réalise trop parfaitement appelle le germe exterminateur.

– Au siècle dernier, pour les dissuader de faire l'amour avant le mariage, on brandissait devant les jeunes gens l'épouvantail de la syphilis.

– Oui .. Oui... Tu as toujours raison, mon petit Marc.

– Est-ce qu'on va fermer les champs de ski parce que les gens prennent plus facilement froid à deux mille mètres d'altitude?

– Non, on les vaccinera contre la grippe.

– A la bonne heure. On trouvera un vaccin contre le sida et tu ne pourras plus dire que la nature humaine ne supporte pas la complète liberté. »

Marc remit dans le réfrigérateur les côtelettes qui étaient restées sur la table et plaça devant Bernard un bol de pêches au vin, autre recette sicilienne.

« Le plus triste dans toute cette affaire, reprit-il, c'est de voir avec quelle rapidité les vieux réflexes de haine et d'intolérance se sont réveillés. Je n'aurais jamais cru que ce fût possible! Ce que tu me racontais de ta jeunesse me paraissait, excuse-moi, d'un autre âge. Quand je lis qu'en Allemagne on envisage de mettre en fiches les homosexuels, qu'en Australie les compagnies aériennes refusent de transporter les séropositifs, qu'à New York les maquilleurs de *La Cage aux folles* ne veulent plus fréquenter les mêmes lavabos que les acteurs, qu'à Bruxelles la présidente de la chambre des mises en accusation a levé la séance pour ne pas siéger dans la salle où comparaissait un prévenu atteint du sida, qu'à Atlanta les fidèles de l'église épiscopale ont renoncé à boire le vin de la messe dans le même calice, je me dis qu'un vent de déraison et de folie souffle sur le monde. A ta place, j'exercerais ma réflexion à me demander pourquoi le progrès est si fragile, pourquoi l'humanité bascule à nouveau dans la crédulité et la sottise.

– Ces pêches sont exquises, dit Bernard. Dans le manuscrit que j'ai lu aujourd'hui, j'ai appris que la municipalité d'Amsterdam envisageait de distribuer elle-même la cocaïne aux drogués, pour les dissuader de dévaliser les magasins et d'attaquer les passants. Imagine que tu sois toxicomane, Marc. Comment réagirais-tu à cette offre ? L'accepterais-tu avec reconnaissance ? Ou bien trouverais-tu que si la drogue devient une institution officielle, cela ne vaut plus la peine de se camer ?

– Je te vois venir ! répondit Marc. Pour toi la drogue doit être liée obligatoirement à l'aventure, au risque, à quelque chose d'obscur et de dangereux. On se lance dans la drogue parce qu'on éprouve le besoin de braver un interdit, de s'enfoncer au-delà du monde connu. La recherche du plaisir n'entre que pour une part très réduite dans le geste de celui qui s'injecte la première dose. S'il reçoit maintenant sa ration des autorités, il se trahit lui-même. C'est bien ton idée, n'est-ce pas ?

– Précisément. Il y a dans ce roman un personnage qui me plaît, le seul qui ne veut pas accepter l'offre de la mairie. Un nommé... Aloÿs, si je ne me trompe. Il s'adresse avec véhémence à ses camarades en leur disant qu'ils feraient mieux d'aller mendier une tétine au centre de puériculture. Le groupe se concerte et décide de supprimer le gêneur. Je suis furieux parce que l'auteur donne tort à Aloÿs et fait dire par un des garçons que l'époque de la drogue anarchique et clandestine est révolue, et qu'il serait aussi ridicule de la regretter que de déplorer le remplacement des bougies par les ampoules électriques. Un soir d'orage, au pied de la tour Montalban, qui est un des endroits les plus poétiques d'Amsterdam, au coin de deux canaux où flottent des barques à l'abandon, ses camarades attachent une pierre au cou d'Aloÿs et le jettent à l'eau.

– Tu es furieux contre la platitude des camarades d'Aloÿs, mais cette mise à mort t'enchante, avoue-le ! Ne fais pas semblant d'avoir oublié son nom, ce personnage t'a marqué, tu pourrais l'avoir inventé. Aloÿs ne se drogue pas pour éprouver une petite sensation agréable, il cherche, inconsciemment, ce qu'il finit par trouver dans ce spectaculaire holocauste. En tout cas, c'est ainsi que tu aurais écrit cette histoire, toi.

– Oui, dit Bernard en riant. Si seulement la scène du sacrifice avait été enlevée avec un peu plus de panache ! L'auteur a gâché un magnifique sujet. La drogue est liée à l'aventure et au risque. Tu viens de le dire. Mais il se pourrait bien aussi, Marc – il fit une pause pour observer le jeune homme qui s'était soudain arrêté de débarrasser la table et attendait, planté au milieu de la cuisine, que son ami eût fini de parler –, il se pourrait bien aussi que pour nous la situation ait cessé d'être de tout repos. Je ne vois pas pourquoi j'emploie ces précautions de langage. Notre situation n'est plus de tout repos, dit-il en détachant les mots. Que tu le veuilles ou non, que cette nouvelle époque qui commence pour nous soit longue ou courte, qu'on découvre le vaccin dans un an ou dans vingt ans, il y a une chose impossible à nier. Nous sommes redevenus une population *à risques.* »

Les deux amis levèrent ensemble les yeux, et leurs regards se croisèrent.

« Les journaux, reprit Bernard, les médecins, les autorités sanitaires ne cessent de nous le corner aux oreilles. " A risques! " Pas dans le sens où on pouvait l'entendre autrefois, quand les dangers que nous courions étaient de nous faire casser la figure, de perdre notre emploi ou d'être expulsés de notre appartement. Le risque est bien différent aujourd'hui, bien plus élevé, bien plus terrible. Nous ne risquons plus dans l'aventure la carrière et la sécurité, nous risquons la vie. Voilà ce qui me passionne dans ce que tu appelles une affaire de globules blancs. Penser que la suite de victoires remportées depuis vingt ans contre les préjugés, que les concessions arrachées aux pouvoirs publics, l'abolition des lois discriminatoires, l'abaissement de la majorité sexuelle à quinze ans, la reconnaissance de nos droits, la conquête de la presse et de la télévision, la liberté de nous conduire exactement comme nous voulons, penser que tout cela aboutit maintenant, par une conséquence en quelque sorte directe, à un péril mortel! Nous n'avions connu de menace aussi grave qu'en deux autres circonstances de l'histoire, lorsque les tribunaux de l'Inquisition nous condamnaient au bûcher, et lorsque les kapos des camps de concentration nous désignaient pour la chambre à gaz. La longue marche des gays se brise contre une fatalité biologique non moins intraitable que le fanatisme des moines dominicains ou la férocité des nazis. »

Surpris par cette fougue, Marc balbutia :

« Je ne savais pas que tu t'intéressais autant à cette question et que tu avais des idées aussi précises... Est-ce que par hasard, tu... ? »

Il posa la vaisselle sale dans l'évier, ouvrit le robinet et remplit la vasque. Puis, le dos tourné à Bernard :

« Tu ne vas quand même pas, reprit-il, trouver le sujet de ta pièce dans le sida ? »

Au milieu du silence qui suivit, ils entendirent les gouttes qui tombaient du robinet et rebondissaient sur l'eau savonneuse.

« Et pourquoi pas ? dit enfin Bernard en scandant chaque syllabe. Tu me donnes une idée superbe. Laissons aux savants la réalité scientifique du sida. Mais le sida est bien autre chose. C'est un phénomène de civilisation, un révélateur. Tu dis qu'il fait souffler un vent de folie et de haine sur le monde. D'accord, je n'oublierai pas de citer les compagnies d'aviation australiennes ni les calotins de l'église épiscopale. Mais ce ne sera qu'une entrée en matière, comme dans notre conversation de ce soir. Parmi ceux que l'épidémie menace directement, dans les catégories « à risques » de la population, j'entrevois une variété infinie de réactions. Il y aura celui qui renonce à toute activité sexuelle, celui qui devient maniaque des précautions, celui qui ne change rien à ses habitudes, par résignation fataliste ou par orgueilleux défi, celui qui va mettre un cierge à l'église, celui qui envoie son chèque à l'Institut Pasteur pour hâter la découverte du vaccin, celui qui pense que le danger est seulement pour les autres, celui qui le cherche volontairement, le joueur qui essaie la roulette russe, le mystique qui court au-devant de l'immolation... Oui, toute la richesse des émotions humaines s'offrira à l'auteur qui abordera ce sujet. »

Marc se retourna brusquement.

« Abandonne cette idée à un autre, Bernard, ne sois pas cet auteur... Je t'en supplie... Pas toi... Non... »

Bernard, interloqué, regarda le jeune homme qui fixait sur lui des yeux tristes, préoccupés. Ses traits se relâchèrent. Il sourit.

« Mais mon petit Marc, si tu me dis non, ce sera non! Jamais je ne pourrais commencer un travail qui te déplaise! N'en parlons plus.

– Je ne sais pas, Bernard. Réfléchis. Je ne suis qu'un juriste, formé à l'esprit positif. Je ne voudrais pas te couper les ailes... Tu es un écrivain... »

9

BERNARD décida de prendre l'avis de Xavier Laronde. Nul autre parmi ses amis ne saurait lui dire si le sida était un bon ou un mauvais sujet.

Xavier s'était fait un nom à Paris sans avoir rien publié ni accompli aucune œuvre, aucune action remarquable. Du flair pour deviner les modes de demain, le don de se trouver à l'endroit où se produisait l'événement, une adresse peu commune pour se faire des relations parmi les gens en vue, sans calcul ni flagornerie, par simple désir d'être présent, disait-il, là où la vie est le plus riche, le plus intense, l'horreur de s'ennuyer et de perdre son temps, un talent certain dans les arts mineurs, comme dessiner un nouveau flacon de parfum, créer une couleur de tissu, décorer un appartement, baptiser une variété inédite de fleur, tels étaient les atouts qui avaient poussé Xavier sur le devant de la scène parisienne.

Les écrivains, qui le rencontraient dans les cocktails littéraires, le jalousaient pour sa réussite rapide et ne lui pardonnaient pas d'être plus connu que la plupart d'entre eux et cité plus souvent dans la presse. Bernard jugeait au contraire stimulante l'amitié d'un garçon qui ne considérait pas qu'un romancier méritât un rang plus important dans la société qu'un avocat, un médecin, un styliste, le jockey qui gagnait les courses à Longchamp ou le jardinier qui recevait le premier prix à Bagatelle. Avec l'indépendance, Xavier possédait la franchise : qualités qu'on trouve rarement à Paris, jamais entre rivaux littéraires. Il avait mis en garde Bernard contre les dangers du théâtre; puis, voyant que son ami ne se laissait pas décourager, et « botté », comme il disait, par cette obstination même, il s'était engagé à lui faire jouer sa pièce dans une des trois salles dont les directeurs étaient de ses intimes.

« Si tu tombes, mon vieux, nous ferons de ton fiasco un événement. Tu te casseras la gueule en beauté. Compte sur moi. »

« Voilà, dit Bernard en entrant dans le luxueux studio que Xavier occupait seul au huitième étage, sur le Luxembourg, avec trois lignes de téléphone à sa disposition. J'ai trouvé le sujet de ma pièce. Ce sera sur le sida...

– Je ne veux même pas écouter la suite, s'écria Xavier. Heureusement que tu es venu me voir. Tu aurais fait une énorme connerie. As-tu envie de hurler avec les loups? Ce n'est pas le moment, où Le Pen fait 10 pour 100 des voix et où les socialos dégringolent, pour aller dire aux gens : vous aviez raison, être né tordu, c'est une malédiction. Ta pièce n'aura que ce seul résultat. Moins on parlera du sida, mieux cela vaudra. La vie est déjà assez compliquée pour nous sans que nous étalions nos misères en public. »

Xavier, tout en parlant, enduisait ses mains d'une pommade à l'œillet et se lissait avec soin un doigt après l'autre. Son appartement ne contenait que des objets de prix. Même le cendrier, taillé dans une obsidienne du Mexique, provenait d'un grand bijoutier de la rue de la Paix. Il ne semblait pas que le propriétaire eût une existence particulièrement difficile, mais son argument ébranla Bernard. Le chemin avait été si long pour dégager leur image de tout symptôme morbide, et maintenant, avec cette saleté d'infection, on retombait à pieds joints dans la pathologie !

« Ce n'est pas tout, reprit Xavier d'un air sévère. Tu oserais mettre dans ta poche 10 pour 100 des recettes en racontant la décomposition physique et la mort de jeunes gens dont plusieurs pourraient être tes amis ? On ne cherche pas à gagner de l'argent avec une réalité aussi horrible. Cela ne se fait pas, mon cher.

– Si c'est un four... », murmura Bernard, décontenancé.

Il ne sut que répondre. Devant Xavier, il perdait pied tout de suite.

« Que lui dire ? songea-t-il. Il déniche l'argument méchant et il me l'assène sans se gêner. Quelle garantie lui donner que je ne cherche pas à « gagner de l'argent » avec le sida ? Ma seule garantie est l'œuvre que je poursuis depuis vingt ans, la patience, la persévérance de mon travail. Mais comment avancer de telles preuves sans paraître le dernier des balourds ? »

Xavier, sans répondre au téléphone dont la sonnerie retentit plusieurs fois, regardait ses mains. Il appuya sur une touche pour faire dévier les communications sur un enregistreur automatique, et dit :

« Vous, les écrivains, vous donnez toujours l'impression de types qui seraient invités à une fête dans un château et préféreraient descendre fouiller dans les cuisines. Vous avez à votre disposition l'univers entier, Venise, Acapulco, Marrakech, vous pouvez nous présenter des personnages que nous aurions plaisir à rencontrer dans le monde, et il faut que vous vous arrangiez pour nous mettre en contact avec des gens et des situations qui nous dégoûtent. Apprends à monter par l'entrée principale, au lieu de te salir à la rampe de l'escalier de service! Intéresse-toi aux lustres du plafond plus qu'aux poubelles! Montre-nous comme ils brillent, quel éclat ils allument dans l'œil de cette jeune femme qui glisse sur le parquet dans sa robe de Saint Laurent... Je t'agace, hein? Je ne suis qu'un mondain, un frivole? Si je me découvre un Kaposi sur le derrière, je n'irai pas le crier sur les toits. Personne ne le saura, jamais. Et si le Kaposi me monte à la figure et me bouffe le visage, je disparaîtrai de la circulation, j'irai m'enterrer dans une campagne. Salut! On ne me reverra plus. Si tu tiens absolument à fourrer des tordus dans tes œuvres, parle-nous de ton idylle avec ton petit chéri! Charme-nous par l'évocation de vos tête-à-tête! »

Bernard, qui cherchait à se donner du courage et à ne pas se laisser enfoncer sans trouver une réplique, ne laissa pas échapper cette occasion.

« Seul et acide, pensa-t-il. Je le tiens! Toutes ses relations brillantes, ses dons, ses talents sont impuissants à lui procurer un ami, et il se venge de ce qu'il n'a pas en le persiflant. »

Il dit d'un ton caustique :

« Mon petit chéri t'a cherché en vain sur le plateau du *Grand Echiquier* de Béjart.

– Ce con, il m'a décommandé à la dernière minute », grommela Xavier, furieux d'avoir manqué une occasion de se mettre en vedette.

Les trois voyants rouges s'allumaient, s'éteignaient, se rallumaient sans arrêt sur le combiné. Celui que se disputait le Tout-Paris tira une bouffée d'une longue cigarette indienne, en feignant d'ignorer la crépitation de ces appels qui montaient des quatre coins de la ville et fusaient dans sa direction comme une gerbe d'hommages.

L'emploi du mot « tordu » et la nuance de mépris avec laquelle il détachait ces deux syllabes étaient un autre trait déconcertant chez lui. La grande situation mondaine à laquelle il aspirait lui serait toujours barrée par ses mœurs, qu'il ne cachait pas. Dépité que la nature lui eût porté ce préjudice, mais trop élégant pour le dissimuler, il épouvait pour l'ostentation autant d'horreur que pour l'hypocrisie. Un « gay » qui arbore ce nom ridicule, disait-il, ne sera jamais qu'un parvenu dont rit la bonne société.

« Quand on n'a à se mettre qu'une cravate en rayonne, on n'essaie pas de la faire passer pour de la soie. Et le comble du mauvais goût, mon cher, serait de coudre au revers une étiquette signée Pierre Cardin. »

Tel était un de ses aphorismes, où se reflétait, unie à la fascination de la mode et des salons, une droiture de caractère qui l'avait empêché de faire un beau mariage.

« Un con, ce Béjart... Raconte-nous vos soirées, reprit-il d'une voix sifflante. Je parie que vous mettez le soir un disque de la Callas avant d'aller vous coucher. Brode-nous une petite nouvelle édifiante sur ce sujet et appelle-la *La Madone des tordus*. Mais ne touche pas au sida. Pas de littérature sur une réalité aussi horrible.

– Pourtant, dit Bernard, la peste de Londres qui fit cinquante mille morts a rapporté le même nombre de livres sterling à Daniel Defoe. La tuberculose au XIXe siècle a ravagé les poitrines mais enrichi les romanciers et les compositeurs d'opéras. Thomas Mann a fait de l'argent avec le choléra de Venise, et les mines de charbon de *Germinal* se sont transformées en mines d'or pour Zola. Il y a des moments, conclut-il en élevant la voix, satisfait d'avoir repris l'avantage, et content surtout de servir à son tour à Xavier une métaphore vestimentaire, où il faut savoir ôter ses gants et se salir les mains.

– Pauvre pomme! fut la réplique immédiate. Pauvre tordu que tu es! Tu ne vois pas plus loin que le bout de ton nez et tu veux faire la leçon aux autres! Heureusement que tu m'as comme ami. Cinquante mille personnes sont mortes de la peste à Londres, mais deux cent mille ont survécu. La tuberculose non plus ne tuait pas à chaque coup. On en réchappait, trois fois sur quatre. Quand je te dis de ne pas écrire sur le sida, tu crois que je me place du point de vue des imbéciles qui se bouchent le nez devant une charogne. Tu me prends pour un mondain parce que je m'habille un peu mieux que toi et que je n'achète pas mes chaussettes à la Samaritaine. Mets-toi ça une fois pour toutes dans la pomme : dans chaque domaine je sais ce qu'il y a de meilleur. Si tu veux réussir une salade, prends chez Hédiard du vinaigre de Modène. Si tu veux réussir ta pièce, écoute ce que je vais te dire. Le meilleur sujet, en littérature, est celui qui crée le doute, l'attente, l'inquiétude. Soit la peste de Londres : parmi les dix personnages qu'on m'a présentés, doit se demander le lecteur, qui mourra, qui survivra? Sil savait, dès la première page, avec une certitude mathématique, que tous doivent mourir, il jetterait le livre. Le sida serait un bon sujet s'il existait une chance de guérison. Le sida est mortel à 100 pour 100 des cas. Tu n'as aucune chance d'en réchapper. L'intérêt dramatique d'un tel sujet est strictement nul.

– Pardon, l'interrompit Bernard. Tu peux très bien être porteur du virus et ne jamais avoir le sida. 80 pour 100 des séropositifs n'auront jamais le sida. Mais ils ne savent pas, ils ne peuvent pas savoir s'ils ne seront pas dans les vingt autres. L'attente du sida, la peur du sida chez les porteurs sains du virus, et, d'une manière plus générale, l'appréhension de la maladie chez ceux qui vivent dans des conditions qui les exposent à être contaminés, voilà un sujet qui répond exactement à ton critère de la bonne littérature. »

Bien d'autres arguments auraient pu être invoqués; en sens contraire de ceux qui venaient de se présenter à son esprit; mais Bernard se garda d'en faire état, au milieu de ce confort et de cette opulence qui indiquaient un rapport aimable avec la vie, une appréciation judicieuse de ses avantages et la volonté d'en profiter le plus longtemps possible.

« Tu es allé te faire tester, toi? reprit Xavier, après un moment de silence.

– Non... Je n'y tiens pas...

– Moi non plus, si tu veux savoir. Je n'ai pas envie qu'on lise dans mon sang la menace de mort qui pèse sur moi ou la condamnation à mort qui a déjà été prononcée. Dans le sida, la mort est inéluctable. Si tes personnages n'ont pas le sida, tu auras trompé ton public. S'ils l'ont, ce n'est pas la peine d'écrire une pièce. Sida égale mort. En trois mois ou en deux ans, par pourrissement, par étouffement, par asphyxie, par liquéfaction, de n'importe quelle façon mais toujours sans appel ni échappatoire. »

Il écrasa d'un geste rageur sa cigarette à peine entamée.

« La mort est hideuse, il n'y a rien de plus à en dire, tout homme de cœur ne peut que la haïr avec la dernière énergie, cria-t-il presque en s'apercevant, d'après les yeux baissés et la mine pensive de Bernard, que celui-ci n'adhérait pas avec assez de conviction à son credo vitaliste. Ah ! tu m'énerves à la fin. Je suis sûr que tu n'as jamais visité le service sida dans un hôpital. »

Il enfonça une touche, décrocha le récepteur, composa un numéro, tendit l'écouteur à Bernard.

« M. Laronde demande à parler au professeur Suppé.

– Le professeur est occupé. Dois-je lui transmettre un message ?

– Dites-lui que M. Laronde est au bout du fil. »

On entendit un conciliabule étouffé, une porte qui claquait, puis un pas lourd s'approcha et une voix bourrue demanda :

« Xavier Laronde ?

– Hubert, j'arrive avec quelqu'un de très important qui s'intéresse à vos recherches.

– Impossible, mon petit. Je commence une fibroscopie.

– Dans un quart d'heure je suis là, Hubert. »

Soupir, raclement de gorge, puis ultime résistance avant la capitulation :

« Xavier, vous m'aviez promis... »

Le professeur Hubert Suppé, sommité de la médecine française, attendait les deux amis sur le seuil de son bureau. Massif, haut de taille, large d'épaules, il incarnait la puissance et la majesté de la science. Econome de mouvements, lent à se mouvoir, un bras levé chaque fois qu'il prenait la parole, ne connaissant qu'une pose, il ressemblait déjà à la statue qu'on ferait de lui pour orner le square de l'hôpital.

A peine salua-t-il Bernard. « Xavier... Xavier... », bougonna-t-il en prenant par le cou le jeune homme. Il avait beau froncer ses sourcils broussailleux et agiter le doigt en signe de reproche, on voyait bien qu'il était flatté par la visite de Laronde. Bernard, qui détestait se mettre en avant, engagea la conversation avec l'interne qui s'était joint à eux. Un échalas noueux, noir, tout en os et en prunelles, les cheveux en brosse, l'air d'un moine. Tous les quatre s'acheminèrent dans les couloirs de l'hôpital.

Une infirmière, masquée et gantée, un tablier protecteur passé au-dessus de sa blouse, sortait d'une chambre. Elle les aperçut et se porta à leur rencontre.

« Professeur, dit-elle en écartant son masque, les techniciens refusent de toucher à l'appareil de fibroscopie dont vous aviez demandé de remplacer les quartz.

– C'est bon... c'est bon... fit le docteur, d'une grosse voix paternelle, en levant un bras. Nous aviserons. Ne vous mettez pas dans cet état, Geneviève. Toujours la même histoire, ajouta-t-il en se tournant vers Xavier. Nous avons dû coller, sur l'appareil de fibroscopie du service, l'étiquette « SIDA ». Chaque fois qu'il tombe en panne, les techniciens refusent d'y toucher. Geneviève, téléphonez à la Pitié, qu'ils nous envoient leurs gars.

– Ici, dit l'interne à Bernard, se trouvent les chambres des nouveaux admis. »

Il poussa une porte et montra deux lits où les malades se livraient à des activités paisibles. L'un était assis et faisait une patience. L'autre, couché, lisait un livre. Quand il s'aperçut que des étrangers regardaient dans la chambre, il lâcha son livre et se couvrit la figure avec le drap.

« J'avais oublié! murmura l'interne. C'est un conseiller municipal. Vous savez, celui qui a lancé la campagne pour " rendre le bois de Boulogne aux familles ". Il craint que sa carrière ne soit ruinée si on apprend dans quel service il est hospitalisé. Il pense moins à guérir qu'à faire respecter son incognito.

– Monsieur fait une enquête? demanda le professeur Suppé à Xavier.

– C'est Bernard Morin, le grand écrivain.

– L'auteur de *Venises*? Félicitations.

– Mais non! Celui-là est mort depuis longtemps. Bernard Morin, Hubert.

– Ah! fit la sommité médicale en soulevant les sourcils. Mon jeune confrère lui donnera les explications qu'il souhaite.

– Jean Braspart, dit l'interne en se présentant à Bernard. Me ferez-vous le plaisir de me signer en sortant mon exemplaire de *La Fuite en Egypte*? »

« *Crépuscule sur l'Egypte*, animal », faillit répondre Bernard.

La sommité médicale ignorait jusqu'à son nom, et le futur docteur, qui croyait avoir acheté un récit sur la Bible, estropiait le titre de son roman.

« On peut donc guérir? » demanda-t-il à son compagnon.

Jean Braspart secoua la tête.

« La seule chance, c'est que ce ne soit pas un vrai sida, mais un ARC. Infections mineures à champignons, muguet sur la langue et le palais, zona. Le professeur, ajouta-t-il à voix basse, ne garde pas les malades quand il les juge atteints seulement d'un ARC. Il ne veut que des sidas.

– Il n'enregistre donc jamais un cas de guérison? Il n'a jamais la joie de sauver un de ses patients?

– Ce n'est pas cela qui l'intéresse. »

Bernard le regarda, étonné. Le professeur et Xavier les attendaient à l'entrée du couloir réservé aux « points rouges ».

De la première chambre s'échappait une atroce puanteur.

« Celui-là développe un cryptosporidium, dit le professeur, laconique. Défenses à zéro.

– Parasite des intestins, commenta l'interne. Il perd trois litres de diarrhée par jour. Plus un leishmania donovani, infection de la moelle osseuse. Plus un Kaposi périanal et le candida albicans de l'œsophage. »

Xavier passa bravement la tête par la porte entrouverte, Bernard se boucha le nez. Le professeur était resté impassible, pendant que l'étudiant qui ressemblait à un moine touchait la croix en or qui pendait à son cou.

Devant le numéro 8, une infirmière, appuyée contre le mur, avait enlevé son masque pour éponger ses yeux.

« Professeur, je n'en peux plus.

– Voyons... voyons... Mon petit... », dit Suppé en s'approchant.

Les sanglots redoublèrent.

« Calmons-nous... Calmons-nous... »

Le professeur, en homme de science qui se méfie des mots, avait réduit son vocabulaire à un choix exigu de termes, qu'il répétait pour donner l'impression d'une abondance de sentiment.

« J'ai pris mon service à sept heures ce matin, j'ai commencé par la prise de sang. La première perfusion a sauté. J'ai recommencé. M. Lascaut est un malade très difficile à soigner, très exigeant. Il m'a rappelée. Les tuyaux, m'a-t-il dit, étaient très mal placés. J'ai fait une troisième perfusion. Il est bientôt midi, professeur, je n'ai pas quitté un instant mon malade, et j'ai l'impression que je ne l'ai soulagé en rien, qu'il est aussi malheureux, aussi désespéré que si je n'étais pas venue du tout.

– Allez vous reposer, Françoise. Allez vous reposer... Je vais m'occuper de M. Lascaut. »

Ils entrèrent dans la chambre. Un jeune homme qui pouvait avoir l'âge de Marc, le cou et les bras hérissés de tuyaux et d'aiguilles, eut la force de tourner les yeux dans leur direction et de leur adresser un regard furibond. D'une maigreur squelettique, les pommettes saillaient dans son visage dévasté. Seule sa chevelure, d'un roux flamboyant, avait profité du cyclone qui saccageait son organisme pour continuer à pousser avec effronterie. Bernard put à peine supporter ce regard, qui lui reprochait d'être en bonne santé et actif. Toute la vitalité du malade, comme un drapeau hissé au sommet d'une forteresse croulante, avait grimpé par une inconséquence absurde dans ses cheveux, laissant les membres et le corps en ruine.

Le professeur vérifia les tuyaux, resserra un bandage, sortit de sa blouse une montre pour compter les pulsations de l'artère et dit :

« Monsieur Lascaut, j'ai détaché la meilleure infirmière du service pour s'occuper de vous. C'est comme cela que vous la remerciez des soins qu'elle vous donne ? »

Les yeux du malade se fermèrent, il plissa ses paupières, il pinça ses lèvres, il se recroquevilla dans l'orgueilleuse et enragée certitude de son état de disgrâce absolue. S'il avait pu, il se serait bouché les oreilles, pour interdire l'accès à une voix porteuse de réconfort. Ses dernières énergies, il les employait à se raidir contre l'idée que Françoise ne fût pas la plus malveillante des infirmières, et lui le plus mal loti, le plus abandonné dans l'hôpital et sur la terre.

« Appelez-moi le docteur Fitzbaum », dit le professeur irrité, quand ils furent sortis de la chambre.

Le jeune interne revint avec un médecin qui, pour arriver plus vite sur ses petites jambes, reboutonnait sa blouse en courant.

« Fitzbaum, donnez des ordres pour qu'on coupe immédiatement les cheveux du numéro 8. Pneumopathie à pneumocystis carinii, plus histoplasma capsulatum, plus lymphome de Burkitt. Vous êtes fou de lui avoir laissé ses cheveux. Faites-le raser tout de suite. Les microbes se nichent dans les cheveux. Ni cheveux ni fleurs dans les chambres des malades, tenez-vous-le pour dit. Allez, Fitzbaum, faites le nécessaire.

– Bien patron », dit plein de zèle le docteur Fitzbaum qui s'éloigna à reculons puis pivota d'un coup de reins et détala vers le bout du couloir.

Le professeur, geste exceptionnel pour lui, leva au ciel ses deux bras.

« Que diraient les Américains s'ils savaient qu'un pneumocystis carinii a gardé ses cheveux !

– Vous arriverez à les battre? » demanda Xavier.

Le professeur prit un air mystérieux.

« Hé, Hé ! A condition de ne pas vendre trop tôt la peau de l'ours. Laennec s'est grillé avec la ciclosporine. Mes confrères de Pasteur ont eu tort de croire trop tôt à l'efficacité du HPA 23, avant de l'avoir testé sur un nombre suffisant de cas... A propos, Braspart, sur qui avons-nous essayé le foscarnet?

– Sur le toxoplasma du 20, patron.

– Hubert, vous battrez les Américains, reprit Xavier, convaincu. Voulez-vous que j'en touche un mot au ministre?

– Mais pas de cheveux... Pas de fleurs... N'est-ce pas, Braspart? Je compte sur vous pour que mes ordres soient appliqués *stricto sensu.* »

Deux infirmiers se disputaient devant la lingerie.

En voyant s'approcher le professeur et ses invités, ils se turent et firent semblant de déplier un brancard.

« Qu'y a-t-il, Henri? demanda le professeur en s'adressant au plus âgé.

– Faut le comprendre! dit Henri. C'est encore jeune.

– Allons... Allons... Tu craques? s'enquit Suppé auprès du second infirmier, qui, penaud, regardait par terre.

– Faut vous dire, chef, reprit l'autre, que Gérard, tout à l'heure, a encore refusé de poser le repas sur la table du 15. Il a entrouvert la porte et poussé du pied l'assiette dans la chambre. Je passais par là. " C'est quand même pas un chien! " que je lui ai dit.

– Tu mets ton masque et tes gants? » demanda le professeur à Gérard.

Le jeune infirmier inclina la tête.

« Allons.... Allons... Tu n'as rien à craindre. Il est très important que les malades aient un contact physique, quotidien, avec ceux qui les soignent. »

Pendant que le professeur entrait chez le numéro 15, l'interne dit à Bernard :

« Personne ne vient voir les malades. Ils ne reçoivent aucune visite. Le personnel doit non seulement les changer, les laver, les nettoyer de leurs souillures, faire les piqûres, les transfusions, les perfusions, mais leur apporter l'assistance morale dont ils ont besoin. Autant et plus que des soins physiques! »

Le 15 dormait, dans des miasmes fétides.

Ils passèrent dans la chambre du 18.

Le 18, un homme de trente-cinq ans, adossé à l'oreiller, se redressa à leur approche. Il remuait dans son lit et accueillit gaiement les visiteurs.

« Des visages humains! s'écria-t-il d'une voix

cassée qui avait l'air de s'éparpiller comme des morceaux de verre. Je suis donc guéri ? Les personnes qui entrent dans ma chambre, pourquoi me cachent-elles leur visage ? Elles me parlent masquées, me soignent masquées, m'apportent mon repas masquées. »

Il s'exclama sur le bonheur de revoir enfin des visages. La nature l'avait doté d'un nez qui s'en allait de travers pour son compte, et ne semblait pas s'offusquer de l'odeur infecte qui stagnait dans la pièce. Les joues, qui avaient dû être prospères, s'étaient effondrées et pendaient en flasques rides sous les yeux cernés de poches grises. Une sorte d'allègre vitalité, d'autant plus poignante qu'elle poussait sur les décombres de cet organisme détruit, secouait sa tête de droite et de gauche et retroussait sa lèvre sur une bouche noire où il n'y avait plus une dent.

Compulsant un calepin où il avait aligné des colonnes de chiffres, il commentait les résultats avec de petits claquements de langue satisfaits.

« Docteur ! Docteur ! 37,9 ce matin, contre 38 hier, 39 avant-hier, 37,5 mercredi. 39,5 mardi ! annonça-t-il en triomphe. Qu'en dites-vous, docteur ? 39,5 mardi, et aujourd'hui 37,9 ! Quel est votre avis ? »

La barbe lui mangeait le visage, ses yeux avaient perdu leur couleur au fond des orbites creuses. Il donna à lire son calepin au professeur, et, scrutant avec anxiété ses réactions, le pressa de nouvelles questions, de sa voix semblable à un collier de perles brisé.

« Regardez ! J'ai pu rester assis aujourd'hui. Et je me lève tout seul pour aller aux toilettes dans le couloir. Qu'en dites-vous, docteur ? Vais-je pouvoir rentrer chez moi ? J'ai bien dormi, cette nuit. Six heures d'affilée. Françoise ? Où est Françoise ? Elle vous dira que j'ai dormi sans prendre les comprimés. Françoise! »

En criant, il s'étouffa et fut pris d'une violente quinte de toux. Henri se précipita et lui soutint la tête.

« Regardez, docteur, reprit-il lorsqu'il eut repris haleine, la tache est moins violette sur mon bras. N'a-t-elle pas diminué? »

Il avait fait glisser la manche de son pyjama et montrait une coulée violacée qui partait du haut de l'épaule et descendait jusqu'au coude, comme si une aubergine monstrueuse avait bourgeonné sur la chair.

« Quel est votre avis, docteur? Quand pourrai-je rentrer à la maison? 39,5 mardi, et aujourd'hui 37,9! Qu'en dites-vous? »

Sans transition, il se mit à gémir :

« Pourquoi ne viennent-ils pas me voir? Pourquoi me laissent-ils seul? J'étais cuisinier dans un grand restaurant... J'ai 37,9 et ils me laissent seul... Je vais guérir puisque je me lève tout seul pour aller aux toilettes... Pourquoi personne n'est-il venu?... Je vais leur téléphoner que j'ai 37,9... Où est le téléphone, que je leur annonce la bonne nouvelle?... Si j'avais le téléphone, ils seraient venus me voir... Pourquoi ne viennent-ils pas me voir?... Pourquoi me laissent-ils seul?... »

Le professeur s'était retiré dans un coin de la pièce et discutait avec l'interne.

« A quoi l'avons-nous soigné? lui demanda-t-il.

– A la suramine, patron.

– La suramine est brûlée. Ils l'ont abandonnée à Atlanta, j'en ai eu la confirmation par Stockmann.

– Oui, renchérit le futur docteur, le cas n'est plus intéressant pour vous. »

Suppé le toisa sans aménité, puis, s'étant passé

la main sur la figure, il revint vers le lit du malade et leva le bras dans sa direction.

« D'accord, monsieur... Vous me rappelez votre nom?

– Lamblin, Jacques Lamblin, cuisinier à La Farandole », dit le malade avec un élan de reconnaissance qui alluma une lueur au fond de ses yeux éteints.

Le seul fait de s'être enquis de son identité, comme une baguette magique, l'avait transporté à nouveau dans le monde des vivants.

« Eh bien, monsieur Lamblin... Si la température continue à être stationnaire vous pourrez rentrer chez vous.

– Je trouve le service très humain, dit Bernard à Xavier, pendant qu'ils suivaient dans le couloir les deux médecins qui donnaient leurs instructions à Henri.

– Toujours aussi pomme! fut la repartie. Le professeur Suppé n'agit pas par humanité. Il n'a qu'un seul but, pauvre tordu. Battre les Américains, tu comprends? Trouver le vaccin avant eux. Les enfoncer, leur river le clou. »

On appela le professeur au téléphone.

« Je viens avec vous », dit Xavier, qui n'avait pas envie de rester avec un étudiant sans grade.

Bernard se rapprocha de l'interne.

« Si personne ne vient les voir à l'hôpital, demanda-t-il, comment font-ils lorsqu'ils rentrent chez eux? Qui s'occupe d'eux?

– Un jeune homme a passé une nuit sur le paillasson, devant l'appartement de ses parents. Il a eu beau appeler, crier, pleurer, taper contre la porte, ils n'ont pas voulu lui ouvrir.

– Et ceux qui ont un appartement à eux?

– Ils doivent se débrouiller tout seuls.

– Ils tiennent le coup?

– Non. Ils demandent au bout de quelques jours à être réadmis.

– Et vous les reprenez? »

Il regarda si le patron ne redescendait pas.

« Celui que vous venez de voir, dit-il à voix basse, sûrement pas. Nous le dirigerons sur Claude-Bernard ou sur Jean-Macé.

– Ils le prendront?

– Leurs services ne sont pas en piste pour le Nobel. Vous trouvez que nous sommes durs, reprit-il en observant que Bernard avait retenu une exclamation. Mais nous avons trop peu de moyens pour perdre du temps avec un suramine. Figurez-vous que Line Renaud, en une seule soirée de gala au Paradis-Latin, a réuni autant d'argent pour la recherche contre le sida que les pouvoirs publics en ont investi depuis deux ans. Ce n'est pas comme aux Etats-Unis, où le budget du gouvernement est passé de 5 millions de dollars en 1982 à 86 millions en 1985 et 500 millions en 1987.

– Plus de trois milliards de francs!

– Quant à nos industries privées, inutile de compter dessus. Elles ont mis le paquet, ça oui, pour mettre au point le test de dépistage sur les donneurs de sang. Rien qu'en France, quatre millions de donneurs par an, vous vous rendez compte! Mais pour le sida, rien! Le vice-président de Hoffman-Laroche a déclaré que quelques milliers de cas dans le monde, cela ne représentait pas un marché très excitant sur le plan commercial. C'est la misère, monsieur Morin. Nous ne disposons ici que de dix lits sida. Le professeur Suppé est le premier à souffrir de cette situation. Il n'aime pas se souvenir que s'il veut battre les Américains il doit renoncer à s'attendrir sur les problèmes individuels de ses malades. »

Braspart fit une pause, puis saisit Bernard par le bras et approcha son visage du sien.

« Vous êtes romancier, monsieur Morin. En quoi consiste le progrès, je vous le demande ? Vous avez dû réfléchir sur cette question. Le vaccin sauvera un jour des milliers de gens, mais au détriment de milliers d'autres qui auront été abandonnés à leur sort. Dans les autres hôpitaux, on ne les soigne pas comme ici, il s'en faut de beaucoup. A Jean-Macé, on met un seau hygiénique dans leur chambre, pour les empêcher de se servir des toilettes, de peur qu'ils ne les polluent. M. Lamblin, à Jean-Macé, devra supporter la puanteur de ses excréments. N'est-ce pas terrible, pour un homme qui a mis toute sa fierté et sa raison de vivre à se lever tout seul pour aller aux toilettes ? Dites-moi, monsieur Morin, que dois-je faire ? Dois-je rester le collaborateur du professeur Suppé ? Ne serait-il pas plus honnête d'aller soulager les détresses individuelles ? Que feriez-vous à ma place ? »

Il tira Bernard par le revers de son veston, sans voir à quel point cette familiarité irritait son interlocuteur.

« Si j'encourage M. Lamblin à rentrer chez lui, je me rends complice d'une espèce de crime, sachant ce qui l'attend dans une semaine, dans quinze jours. Pourquoi me suis-je fait attacher au service du professeur Suppé ? Dans l'intérêt de la science, ou dans l'intérêt de Jean Braspart ? J'ai l'impression que je me rendrais cent fois plus utile en m'engageant dans un hôpital où il faudrait veiller à ce que les infirmiers ne poussent pas du pied l'écuelle dans la chambre des malades... Gérard vient de Jean-Macé, monsieur Morin... J'ai longtemps hésité entre la prêtrise et la médecine... Est-ce que la question du salut vous préoccupe, monsieur Morin ?

– Le professeur Suppé est au-dessus de tout soupçon, dit Bernard pour endiguer le flot des confidences et se dégager du regard avec lequel ce fanatique, s'il avait été moine pour de bon, eût sondé l'âme de ses pénitents.

– Mais moi, monsieur Morin, que dois-je faire? Dites-le-moi. Je n'ai pas encore lu vos livres, mais le titre de votre ouvrage sur l'Egypte...

– Comme c'est curieux, dit le professeur en les rejoignant avec Xavier devant la dernière porte, marquée du numéro 20. Il y a des malades que nous ne désignons que par le numéro de leur porte, et d'autres que nous appelons par leur nom. Nous disons : le 15, le 18, mais celui-là, ajouta-t-il en entrant dans la chambre, c'est M. Raffadali. »

L'alité, chauve bien qu'âgé de trente ans à peine, tressaillit en voyant s'avancer quatre personnes. Son premier mouvement fut de se cacher derrière ses mains. Sans force pour achever le geste, les mains retombèrent sur la couverture. Deux larmes descendirent le long de ses joues.

Une couleur terreuse uniforme recouvrait son visage. Sur les pommettes la peau était racornie ainsi qu'une feuille grillée par le gel; plombées et ratatinées comme un vieux copeau de parchemin ce qui avait été autrefois les lèvres; voilé par une taie livide le blanc de l'œil. Si méconnaissable qu'elle fût, cette figure éveilla un souvenir en Bernard. Penché au-dessus du grabataire, se tenait un garçon qui tourna la tête à l'entrée des visiteurs. Bernard aperçut un nez long, des mèches, collées sur les tempes, qui ne devaient pas avoir beaucoup de sympathie pour le shampooing, une barbiche de chèvre. Puis ses yeux se reportèrent sur le malade et il se demanda sur quel visage jadis familier le délabrement avait posé ce masque de cendre.

« Il vit dans la terreur que son père ne vienne le chercher, murmura l'interne, et en même temps il désire passionnément ce moment. Nous nous sommes mis en contact avec sa famille, qui l'a rejeté depuis dix ans et nous a déclaré qu'elle ne voulait plus rien avoir à faire avec lui.

– Ugo Raffadali... Le chanteur ? demanda soudain Bernard.

– Lui-même. Vous le connaissez ?

– Qui n'a pas connu Ugo Raffadali ! » répondit Bernard avec emphase, pour dissimuler son émotion.

Quatre ou cinq ans auparavant, il avait rencontré un jeune homme monté de Nice qui lui soumettait des projets de chansons et lui demandait de lui refaire un couplet. Ils s'étaient perdus de vue, le show business avait happé Ugo, le genre guimauve déplaisait d'ailleurs à Bernard, mais, de leur aventure de quelques semaines, celui-ci gardait un souvenir amusé. Quand son éditeur l'envoyait en tournée de signatures, il ne pouvait regarder sans un battement de cœur, sur le mur des maisons de la culture, les affiches où paradait dans la splendeur d'une beauté méditerranéenne épanouie par le succès celui qui, faute d'être devenu une star, faisait les galas de province.

De cette chevelure qui lui tombait jusqu'aux épaules, tout avait disparu. La Parque qui tient les ciseaux de la destinée s'était chargée de les couper, sans attendre les ordres des docteurs. Ces mains qui avaient saisi et pétri les micros, dans l'espoir d'électriser le public réticent des villes d'eaux, reposaient inertes, plus blanches que le drap du lit. De cette poitrine qui avait dégorgé d'interminables clameurs sirupeuses ne s'exhalait plus qu'un râle pénible. Ces bras qui l'avaient serré, avec l'exagération italienne mais aussi la chaleur irremplaçable du Midi, ne luttaient plus qu'avec l'ombre qui descendait sur ses yeux et obscurcissait son esprit.

Bernard avala sa salive et balbutia comme il put :

« C'est son ami, là, qui est assis à son chevet ? »

L'interne secoua la tête.

« Leur ami, s'ils en avaient un, ne vient jamais voir les malades. M. Leblanc est le psychologue. Il a suivi un stage spécialisé d'accompagnement des mourants. Il l'écoute, il lui parle, il l'aide à mourir. »

Le malade, ayant oublié la présence des visiteurs, s'était tourné vers M. Leblanc.

« J'avais une jolie voix, monsieur Leblanc.

« Vous l'avez toujours, Ugo.

– Une voix éraillée comme ça !

– Vous la retrouverez.

– Vous avez entendu Enrico dans *Sempre per te* ?

– On n'arrive pas toujours à se procurer des places pour l'Olympia, vous savez.

– C'est vrai ! Je me souviens d'avoir fait la queue toute une nuit pour écouter... Ma pauvre mémoire... Je ne sais plus... J'ai perdu beaucoup de temps... La prochaine fois, j'aurai une vie différente... »

Ses traits se contractèrent. Il sembla fixer un point sur le mur, en face du lit.

« Vais-je mourir en dormant ? Ou bien la dame blanche viendra-t-elle me prendre par la main ? »

Il essaya de se soulever de l'oreiller, comme si quelqu'un lui faisait signe dans la chambre, mais retomba épuisé.

« Toxoplasmose, murmura l'interne. Le cerveau est attaqué. Troubles visuels, fantasmes, bouffées délirantes. Poumons et moelle osseuse fichus. Herpès nécrosant sur les pieds. Infections aux salmonelles et au papovavirus.

– Calmez-vous, Ugo, dit le psychologue. Vous n'avez rien à craindre. Il n'y a ici personne qui puisse vous faire du mal. Vous êtes parmi des amis qui vous veulent du bien et vous protégeront contre les fantômes. »

« L'imbécile », pensa Bernard.

Le moribond entrevoyait dans son délire quelque héroïne de ses anciennes chansons, une Madone de pacotille, qu'il avait encensée en vers de mirliton et avec une enflure doucereuse, et qui maintenant, reconnaissante à son troubadour, venait à sa rencontre dans un halo de lumière pour adoucir son agonie, à l'heure où il n'avait plus ni voix pour l'accueillir, ni souffle pour célébrer ses louanges, ni lèvres pour lui sourire.

« La dame blanche... Vous la voyez aussi, monsieur Leblanc ? Elle s'approche... On dirait qu'elle descend d'un nuage... »

M. Leblanc remuait sa barbiche de chèvre et s'apprêtait à répondre, quand le professeur Suppé, après avoir consulté du regard l'interne, revint vers le lit et lui tapa sur l'épaule.

« Venez, Leblanc. Laissons agir le foscarnet. »

Ils remontèrent en silence à l'étage des bureaux.

« Combien de vos malades espérez-vous guérir ? » demanda Bernard à leur hôte, lorsque celui-ci les eut raccompagnés jusqu'au seuil de l'hôpital.

La statue leva solennellement la main.

« Aucun, cher monsieur Moreau. Le dernier sera mort dans trois mois.

– Mais, insista Bernard, qui ne voulait pas, devant Xavier, paraître vexé que la sommité médicale fût dans une aussi profonde ignorance de sa personne, pouvez-vous envisager une date à partir de laquelle l'épidémie sera enrayée ?

– Nous avons en France 150 000 porteurs du virus. Nous en aurons 400 000 dans trois ans. L'O.M.S. estime leur nombre à 7 millions dans le monde. 10 ou 20 pour 100, peut-être plus, développeront un sida. Les Américains ont aujourd'hui 2 millions de porteurs. Ils prévoient que d'ici 1991 ils auront 270 000 personnes atteintes du sida, et qu'au moins 180 000 en mourront. Les autorités se sont fixé comme objectif un ralentissement des cas en 1990 et l'élimination de la propagation en l'an 2000.

– Mais vous battrez les Américains, dit Xavier. Vous les enfoncerez, Hubert. »

Le professeur, sans répondre, laissa retomber son bras.

10

« Oui, le comité de lecture..., Non, mademoiselle Iolande, il ne viendra pas, cette semaine non plus... »

Marc raccrocha. La sonnerie retentit de nouveau.

« Allô, Marc ?

– Salut, Daniel.

– Rien de nouveau ?

– Etat stationnaire.

– Les derniers examens ?

– J'attends les résultats.

– J'espérais venir, mais... Cette semaine c'est vraiment impossible.

– Je comprends, Daniel.

– Je rappellerai.

– Tu me feras plaisir.

– *Ciao*, Marc. »

Deux secondes à peine; nouvelle sonnerie.

« Marc Lavergne ?

– Bonjour, Ingrid.

– Aurons-nous l'article aujourd'hui ?

– Sûrement pas.

– Nous n'y comptions pas, vous savez. Je voulais vous dire ma sympathie.

– Merci d'avoir appelé, Ingrid.

– Bon courage, Marc. »

Marc raccrocha. Il se prit la tête entre les mains. Cette fois il put compter jusqu'à cinq.

« Je suis chez M. Morin ?

– De la part de qui ?

– Le théâtre de l'Œuvre. M. Wurmser aurait besoin de la scène III de l'acte II.

– Je regrette, M. Morin n'est pas en état de travailler.

– Mais les répétitions vont commencer. M. Wurmser est terriblement exigeant.

– M. Morin ne peut pas travailler en ce moment.

– M. Wurmser rappellera lui-même.

– C'est cela, au revoir. »

Ne pas m'énerver, se dit Marc. Ne pas gaspiller mes forces. Réserver pour lui ce qui me reste d'énergie.

« Allô, Marc ?

– Oh ! C'est toi, Denis ?

– Combien, ce matin ?

– 39,2.

– Toujours la même fatigue ?

– Tu passes à quelle heure, Denis ?

– C'est que, vois-tu... J'ai un article affreusement compliqué à finir...

– Et ainsi...

– Ne m'en veux pas, Marc... Je te jure que si j'avais pu... »

Ce fut ensuite le tour de Sophie. Depuis un mois elle cherchait une date pour le grand dîner qu'elle voulait donner en l'honneur de Bernard. Les quatre ou cinq critiques de théâtre les plus influents seraient conviés.

« Il faudrait me donner une fourchette, mon petit Marc.

– Mais je vous ai dit, Sophie...

– Vous m'avez dit... Vous m'avez dit... Avec un

bon cachet d'aspirine, un homme est toujours capable d'assister à un dîner.

– Je crains que...

– Donnez-moi une fourchette.

– Ne pourrait-on pas remettre à plus tard...

– Une fourchette, mon petit Marc. Vous n'avez pas l'air de vous rendre compte qu'une première pièce, ce n'est pas évident, même pour une star comme Bernard Morin. Les critiques l'attendent au tournant. Disons entre le 25 et le 15 du mois suivant?

– Sophie...

– De quoi avez-vous besoin, mon petit Marc? Voulez-vous que je vous fasse déposer par le chauffeur une poularde truffée de chez Fauchon? Qu'est-ce qui ferait plaisir à Bernard?

– Une visite de Julien, Sophie.

– Lui aussi aimerait tellement aller le voir! Ce matin, il me disait encore : " Mais c'est que Bernard me manque, tu sais? Je n'aurais jamais cru que j'étais si attaché à lui! " Mon mari est si occupé, mon petit Marc! C'est épouvantable! Il a regardé son carnet et je l'ai vu secouer la tête. " Non, c'est impossible, m'a-t-il dit. Je suis bourré jusqu'à vendredi, et après nous devons filer sur Maisonrouge pour la séance du conseil municipal " Ah! mon Dieu! J'ai oublié de rappeler le secrétaire! Alors, c'est entendu, Marc? Entre le 25 et le 15. Ne nous confisquez pas comme ça notre ami. »

Elle raccrocha sans attendre la réponse. Marc compta jusqu'à trois et reprit le récepteur.

« Allô, Marco?

– Jean-Loup! Je suis si heureux de t'entendre!

– Tu n'as pas l'air bien, Marco. Tu as le résultat des nouvelles analyses?

– Le docteur doit m'appeler d'une minute à l'autre.

– Tu n'as pas le moral, hein ?

– Oh ! Jean-Loup ! Heureusement que tu vas venir, toi ! Tous les autres amis de Bernard se dégonflent.

– Il fallait s'y attendre, tu sais. Avec les bruits qui courent et les chiffres qui arrivent d'Amérique...

– A quelle heure tu te pointes, mon vieux ?

– Eh bien, voilà, j'ai un petit problème pour aujourd'hui. Mon beau-frère est de passage et m'a demandé de l'accompagner chez Art Curial. Et demain, pas de chance, mon patron m'envoie à Arcueil. Je te ferai signe, sans faute. Compte sur moi, Marco.

– *Ciao*, Jean-Loup. »

La maison d'édition rappela une seconde fois, pour demander que le manuscrit à reprendre chez Bernard fût déposé dans la loge de la concierge. Puis une actrice, mécontente de son rôle, se fit promettre par Marc qu'elle obtiendrait quelques répliques supplémentaires. L'appel suivant émanait de Jean-Claude Reboux, auteur de mots croisés dans un grand journal du soir.

« Alors, mon gros Marc, ça biche ?

– Bonjour, Jean-Claude.

– Petite voix, hein ?

– Heu...

– Résultats ?

– Pas encore.

– Mais tu ne te fais pas d'illusions ? *C'est la vie.* Sans ce lumbago qui me cloue à la maison, j'aurais couru embrasser mon vieux pote avant qu'il soit trop tard. Vingt-cinq ans d'amitié, faut le faire, non ? Nous n'avons pas les mêmes idées, mais à chacun de mener sa barque comme il veut, pas vrai? Vingt-cinq ans. Je crois que c'est mon plus vieil ami. Nom de Dieu de nom de Dieu! Je vais me mettre à chialer. »

Un jeune auteur appela pour s'étonner qu'on n'ait pas lu son manuscrit. La Foire du livre de Tourcoing voulut savoir quels titres il fallait faire venir de la maison d'édition. Marc repoussa une invitation à un cocktail, un projet de conférence à l'étranger, une demande d'interview pour la pièce, l'agence Sygma qui s'apprêtait à envoyer un photographe, une dame psychiatre spécialiste de l'aide à domicile aux « mal-portants ». Ah! enfin! La voix drue, franche, roborative du docteur Ravenot.

« Marc Lavergne?

– Ça se détraque, docteur.

– Le Kaposi?

– Il a progressé sur le cou.

– Température?

– 39,2.

– Sueurs nocturnes toujours aussi abondantes?

– Mais surtout la diarrhée, maintenant.

– Nous ne pourrons plus retarder longtemps une nouvelle hospitalisation, monsieur Lavergne.

– M. Morin n'en veut à aucun prix, docteur.

– Je sais. Mais la dernière prise de sang est mauvaise. Huit cents lymphocytes par microlitre. Nous sommes bien en dessous du seuil. Si la diarrhée persiste, l'hospitalisation sera inévitable.

– M. Morin refuse catégoriquement.

– Ganglions?

– Toujours au même point.

– J'ai au moins une bonne nouvelle à vous annoncer, monsieur Lavergne. Votre test s'est révélé négatif. Vous n'êtes pas porteur du virus.

– Merci, docteur.

– Pour M. Morin, une fibroscopie me semble indispensable.

– A condition que, tout de suite après, il rentre à la maison.

– Je passerai demain matin, monsieur Lavergne.

– A demain, docteur. »

A peine Marc eut-il raccroché, le téléphone sonna de nouveau. Le jeune homme hésita avant de répondre. « Donnons-leur une dernière chance », se dit-il.

« Marc, c'est Hervé.

– Hervé ! » s'exclama le jeune homme.

En quatre ans, depuis leur rupture, il n'avait pas revu dix fois son ancien ami.

« J'ai appris, pour Bernard.

– Ce que c'est gentil à toi d'appeler !

– Je ne t'oublie pas, tu sais.

– Mon vieux Hervé, je me sens si seul.

– C'est dur, hein ? Ecoute, j'ai pensé à toi et peut-être as-tu besoin d'un coup de main. Je travaille à France-Béton maintenant. Une société qui couvre l'immobilier sur trois arrondissements de Paris.

– Félicitations.

– Oui, j'ai une belle situation. Un mot de moi, et on te trouve un studio, un deux-pièces, ce qui te chantera en somme.

– Un studio, Hervé ? Pour quoi faire ?

– Tu ne vas pas rester avec un...

– Tu voudrais dire que... Tu crois que... Mais tu es cinglé, ma parole ?

– Tu te rappelles Jean-Luc ? Il était avec Sylvain depuis deux ans. Quand il a su, ni une ni deux, il s'est taillé. Tout le monde l'approuve. Quand le bateau coule, on n'y regarde pas à deux fois avant de se jeter à l'eau. Sois réaliste, Marc. Tu ne le sauveras pas, en restant. Je ne suis ni une brute ni un cynique. Mais il n'y a rien à faire dans ce cas.

Absolument rien. Tu dois penser à toi, à te mettre à l'abri. Tout le monde te dira la même chose. Bernard lui-même...

– Laisse Bernard tranquille, je t'en prie.

– Oh! Je disais ça pour t'être utile! C'est toujours la même chose. On veut rendre service à des amis, et ils te crachent à la figure. A une autre fois, quand tu seras mieux luné! »

Démoralisé, Marc appuya sur la touche du répondeur automatique. Chaque jour, la même ronde d'interrogations hypocrites, de conseils patelins, de dérobades le laissait à bout de forces. Il attendait l'appel du médecin, puis branchait l'appareil.

Pour sortir, il se faufilait dans l'escalier, rasait le mur de la rue de Douchy et tournait l'angle vers des boutiques où il ne craignait pas qu'on le reconnût. La vendeuse de quatre-saisons qui chantait sa marchandise sous leur balcon était restée amicale avec lui. Par dégoût du monde extérieur, il n'ouvrait plus leurs fenêtres sur la rue. Ses cris pour attirer la clientèle, l'alternance, si belle à écouter autrefois, des injonctions vigoureuses et des câlineries murmurées, ne montaient plus dans l'appartement qu'étouffés par les doubles vitrages et les épais rideaux que Marc laissait tirés.

Il rentrait avec les courses, quelques fruits et légumes vite achetés, prenait sur le rebord de la loge le courrier que Mme Rinquintin, arguant de sa hanche arthritique, ne déposait plus dans leur couloir.

Le reste de la journée, il l'employait à faire dans le demi-jour de l'appartement obscurci des calculs qu'il recommençait indéfiniment, sur la date possible de la contamination. Non par désir de se torturer en s'interrogeant sur les « sorties » de Bernard, la jalousie rétrospective étant à l'opposé de son caractère, mais pour fixer son esprit sur des chiffres, pour l'occuper à des opérations précises et tuer les heures interminables de veille, d'attente, de somnolence oppressée. Les lettres du manuel de droit dansaient dans son cerveau fourbu, il n'arrivait plus à écrire une ligne du mémoire. Le docteur ne pouvait rien dire, ne savait pas, ne saurait jamais. Qu'on le baptisât HTLV III à l'américaine ou LAV à la française, le virus, sous ces sigles prétentieux dont les chercheurs l'avaient affublé pour donner des preuves de leur science, gardait intacts son arrogance, sa perfidie, son mystère. Marc devait faire appel à toutes ses convictions rationnelles pour ne pas s'abandonner à la résignation fataliste ni croire, à son tour, que le sida est un maléfice obscur qui vient apposer sur une vie le sceau infrangible du destin.

Telle était l'opinion de Bernard, à coup sûr. Marc entra sur la pointe des pieds dans la pièce où il reposait. Chaque jour un peu plus faible, un peu plus frêle, il flottait dans le petit lit que le jeune homme avait fait installer dans leur ancienne chambre à coucher.

Marc observa, une fois de plus, la métamorphose qui avait transformé le malade et répandu sur son visage, à la place de l'agitation de naguère, une sérénité qui n'était pas de l'anesthésie. Même quand il pouvait se lever, il ne manifestait ni impatience ni inquiétude. Il acceptait les soins avec une gentillesse distraite, et montra à peine son dégoût lorsque l'usage répugnant du bassin fut devenu nécessaire. On eût dit qu'il entretenait des rapports amicaux avec le germe corrupteur qui travaillait à le détruire. Les progrès du délabrement, au lieu de l'effrayer, semblaient lui apporter la confirmation d'une nouvelle depuis longtemps attendue. Oui, le virus n'était pas le seul ennemi à combattre, et Bernard avait vu juste, songea Marc découragé, en affirmant que le sida n'est pas uniquement une affaire de globules blancs. Les leucocytes crient au secours, mais quel soin utile apporter au corps, si l'âme assiste presque heureuse à leur extermination ?

Autre sujet de tourment pour Marc, il constata avec quelle docilité Bernard enregistrait la désertion de leurs amis.

« Pourquoi te mets-tu en colère ? disait-il au jeune homme. Ils font bien de ne pas venir.

– Mais le risque de contagion est nul ! Des salauds, et par-dessus le marché des imbéciles !

– Ce n'est pas la question, Marc. Ils font bien de ne pas venir, pour un motif qui n'a rien à voir avec le risque de contagion. »

Las d'avoir parlé, Bernard se taisait. Marc n'insistait pas. Il n'avait pas envie d'entendre que, autour de celui qui est né paria, les gens ont raison de faire le vide.

Une seule angoisse agitait le malade : ne pas finir à l'hôpital. « Jusqu'à quand pourrai-je te garder ? » murmura Marc, les larmes aux yeux.

Sous le regard de son ami, Bernard se réveilla.

« Tu te rappelles, dit-il, les tableaux de Lucas de Leyde que nous avons vus en Hollande ?

– Si je m'en rappelle ! »

Marc s'interrompit pour rattraper la faute de grammaire, mais Bernard, désormais au-delà des susceptibilités syntaxiques, ne fit pas sa grimace habituelle.

« Si je m'en souviens ! reprit Marc. Toujours des villes en feu, Loth et ses filles sous une pluie de rayons enflammés, et puis ces forteresses qui s'écroulent dans des gerbes d'étincelles...

– Tu sais comment il est mort ?

– Non.

– Il était dans une ville assiégée. La poudrière a explosé, il a sauté dans les flammes. Tu vois, les artistes ont la faculté de décrire à l'avance leur propre mort.

– Mais toi, repartit vivement Marc, tu n'as pas fini ta pièce. Si tu veux être fidèle à ta théorie, tu dois guérir d'abord et retrouver assez de forces pour l'achever. A propos, enchaîna-t-il, désireux de distraire le malade, Wurmser a téléphoné. Il réclame la scène manquante.

– Je veux changer tout le dernier acte.

– A la bonne heure! s'écria le jeune homme, heureusement surpris de voir son ami reprendre goût au travail.

– Pas de scène à l'hôpital, c'est trop déprimant. »

Marc approuva de la tête.

« Ils coupent les cheveux! »

Marc se mit à rire. Parmi tous les souvenirs rapportés de la visite au service du professeur Suppé, le sacrifice de la chevelure rousse avait causé la plus forte impression à Bernard. Il n'aurait jamais cru, confia-t-il à son ami, qu'on pût commettre un acte aussi inhumain. Arracher à un homme qui lutte contre la mort l'emblème flamboyant de sa jeunesse! La maladie de Bernard passait par des hauts et par des bas. Brefs séjours à Tarnier, entre deux rémissions. Mais jamais, pendant ces derniers mois, il n'avait manqué de se coiffer lui-même ni de prendre un soin méticuleux de sa mèche. Le navire faisait eau de toute part; la tempête emportait un à un les agrès; mais la mèche, comme le drapeau planté à la cime du grand mât, sombrerait à l'ultime seconde, dans le tourbillon spectaculaire du naufrage.

« Que mettras-tu au dernier acte? demanda Marc.

– Comme Lucas de Leyde, je copierai la fiction sur la réalité à venir. »

Il murmura quelques mots à l'oreille du jeune homme, qui se recula effrayé.

« Nous nous l'étions promis! protesta le malade.

– Le docteur ne voudra jamais.

– Je ne compte pas sur le docteur. A nul autre qu'à toi je ne le demanderais.

– Laisse-moi réfléchir.

– Tu me l'avais promis, répéta Bernard.

– Suppose que j'accepte, il y aurait encore la difficulté matérielle de me procurer le nécessaire.

– Une personne t'aidera dans Paris. Une seule. Xavier Laronde. Il a les relations qu'il faut et approuvera ce que je lui demande.

– Nous verrons. Calme-toi. Tu ne dois pas penser à cela.

– Je ne veux pas retourner à l'hôpital », dit Bernard en se raidissant.

Ses mâchoires se contractèrent, des taches rouges apparurent sur le front et autour des yeux. Marc s'empressa de verser quelques gouttes d'un flacon et de tendre le verre au malade. La potion agit sans tarder, Bernard retomba sur l'oreiller et ferma les yeux.

Marc regarda sa montre. Onze heures trente. Il se dirigea en hâte vers le corridor d'entrée. C'était le jour de la semaine et l'heure où Mme Morin se présentait au seuil de l'appartement avec la provision d'alcool à 90 degrés, d'eau de Javel et de PH2 en cristaux achetés scrupuleusement pour la désinfection bi-hebdomadaire. Elle ne demandait même pas à voir son fils, de peur de l'inquiéter par un tel changement dans leurs habitudes. Pour ne pas déranger, elle évitait de tirer la sonnette. Les jours où Marc oubliait d'ouvrir la porte ou ne l'entendait pas gratter avec son index, elle déposait sur le palier ses emplettes et s'en retournait aussi discrètement qu'elle était venue.

Le jeune homme la fit entrer.

« Je me glisse dans la salle de bain, monsieur Marc. Je ne ferai pas de bruit. »

A tâtons et en se cognant aux meubles, elle se faufila comme une souris aveugle. Marc entendit peu après le clapotis de l'eau dans la baignoire. Mme Morin savonnait, brossait, tordait, essorait le linge souillé, puis frottait avec le balai la cuvette des toilettes et rinçait le dallage; à genoux sur les carreaux, malgré ses genoux déformés; expiant par ces besognes la faute commise autrefois, quand elle n'avait pas compris ce qui se passait dans l'âme de son fils; s'acquittant, dans un domaine subalterne, du devoir maternel qu'elle n'avait su remplir dans sa partie noble.

Marc l'attendit pour lui donner des nouvelles de Bernard. D'elle-même, elle serait repartie sans oser en demander. Accoutumée depuis trente ans à être tenue à l'écart de sa vie, elle se fût jugée une intruse, à l'heure où il livrait sa bataille suprême, de s'immiscer dans ce combat.

« Bernard s'est rendormi, madame. Il a l'air paisible.

– Vous êtes bon, monsieur Marc. »

Elle voulait ajouter quelque chose, les mains crispées sur son sac en peau de phoque.

« Au revoir, monsieur Marc... Je ne sais pas si vous avez lu dans le journal.

– Lu quoi ? Quel journal ?

– Ils disent, pour Bernard.

– Quel journal ? répéta Marc.

– Je ne peux plus lire, vous savez. Un petit journal de rien du tout. Votre frère a téléphoné à mon mari pour lui lire l'entrefilet et lui demander confirmation.

– Comment a réagi M. Morin?

– J'ai cru qu'il aurait une attaque. Il n'ose plus se montrer dans la rue. Il veut que nous déménagions et que nous allions vivre dans notre maison des Landes.

– Merci de m'avoir prévenu, madame.

– Au revoir, monsieur Marc. »

Le jeune homme se dirigea vers l'enregistreur.

« ... On ne peut même plus prendre des nouvelles d'un ami, alors? Jean-Marc, dix-heures trente, très fâché... »

« ... Géraldine envoie par la poste une coupure de presse sur un nouveau médicament essayé aux Etats-Unis... »

« ... Quelle honte, hein, cet article dans Paris-Concierge. Tu vas les attaquer en justice? Attaque-les, mon cher, enfonce-les. J'ai un avocat épatant pour ce genre d'affaires, maître Laroche, 95, avenue Foch. Téléphone-lui de ma part... »

Marc avait reconnu la voix nasillarde de Xavier Laronde, le seul à ne pas se nommer, en homme convaincu que son ton, son chic le feront reconnaître partout. Le seul aussi, il fallait en convenir, qui eût rendu visite à Bernard. Pour braver l'opinion des sots, pour ajouter un fleuron à la chronique mondaine de ses exploits, pour se mettre en vedette par un geste que commenterait tout Paris, pour que son nom ne soit pas oublié dans une biographie de Bernard Morin, motifs qui n'excluaient pas une amitié sincère, il était resté plus d'une heure auprès du malade, qu'il fit rire par ses insolences.

Marc raya sur la feuille volante du mémento les noms de Jean-Marc et de Géraldine, mais laissa celui de Laronde.

« Aller le voir pour le sonder », pensa-t-il.

Il s'apprêtait à écouter les autres messages, quand un vacarme dans l'escalier et le bruit strident de la sonnette lui annoncèrent la visite impromptue de sa mère.

Mme Lavergne, poussant devant elle un garçon de course qui portait un colis long de plus d'un mètre, passa en trombe par la porte qui vibra sous le choc, et entra chargée d'une quantité de paquets qu'elle laissa choir sur le tapis.

« Saints du paradis! s'exclama-t-elle en s'affalant sur une chaise. *Marco mio,* je t'ai apporté le remède souverain. Ces docteurs sont des ânes. Allons! déballe, dit-elle au gamin qui avait commencé à ramasser les paquets. Pas ceux-là! Le grand! Qu'il est empoté, Reine des cieux! Bon, maintenant file! »

Elle fouilla dans son sein plantureux et en tira une pièce de dix francs.

Deux immenses cierges d'église avaient surgi du tas de papier et de ficelles.

« Un pour saint Joseph et l'autre pour saint Antoine. Tu vas les caler dans le séjour, un dans chaque coin, et tu les allumeras à certaines heures et avec certaines précautions que je te dirai... Pas en même temps, en tout cas... Saint Antoine un jour, saint Joseph l'autre jour... Sinon chacun croira que tu as plus confiance dans l'autre, et aucun n'intercédera... Veille aussi à ce que chacun des cierges diminue de la même longueur de cire... Là, fit-elle en prenant un des paquets, tu trouveras de la morue sèche, tu la mettras à gonfler dans une bassine d'eau à 50 degrés... Reine des cieux, mais pourquoi me regardes-tu comme ça? Il ne sait rien, ce petit! Le *baccalà* attire le mauvais œil en gonflant... Ça, c'est un pot de confitures pour toi... Ça, de la farine... Tiens, il te manquait le basilic...

Ici, il y a des feuilles de menthe... Ce fer à cheval, tu l'accrocheras près de la porte d'entrée, à côté de cette clochette... Elle pendait au cou de la mule qui appartenait à ton grand-père... As-tu pensé à mettre chaque soir près du lit la miche de pain et la carafe d'eau ? Saints du paradis, ne me dites pas qu'il a oublié... »

Mme Lavergne débarquait à l'improviste, déballait sur le tapis de l'entrée une quantité d'objets inutiles auxquels elle prêtait des vertus magiques, ouvrait avec fracas la porte de la chambre à coucher pour carillonner au malade sa présence, puis s'installait dans la cuisine où elle commençait à faire le plus de bruit possible avec les marmites et les casseroles qu'elle décrochait du mur et frappait l'une contre l'autre : afin, disait-elle, de faire savoir aux microbes que la cuisine était désormais habitée et qu'on y préparait des nourritures en abondance. Finie l'époque de la disette et du jeûne !

Elle s'expliquait le désastre survenu dans la maison des deux amis par la propreté anémique de leur cuisine. Aucun aliment n'y traînait entre les repas. Saints du paradis, si les microbes avaient faim, qu'auraient-ils à manger ? Pas une seule miette ne restait sur la table. La poubelle elle-même béait toujours vide. On ne déjeunait pas dans cette cuisine, on avalait le soir une grillade qui ne laissait aucun déchet... Pour réparer cette étourderie, elle retroussait ses manches sur ses robustes avant-bras, sortait le paquet de farine, dévissait le pot à sel, déployait l'attirail des ingrédients nécessaires, ouvrait à grande eau le robinet, s'emparait du rouleau et se mettait à pétrir de majestueuses boules de pâte, sans ménager les exclamations retentissantes ni les invocations pathétiques aux puissances tutélaires de l'empyrée. Les microbes, émerveillés par ce tapage qui indiquait l'imminence d'une grande fête, accourraient en foule de la chambre à coucher pour assister aux préparatifs et frotter l'une contre l'autre leurs mandibules dans l'attente du festin. Ils ne seraient pas déçus, car des mains expertes de la forte matrone sortaient des mètres de nouilles et des mètres carrés de pizza qu'elle enfournait, saupoudrait d'aromates, recouvrait de fromage, aspergeait d'huile, inondait de sauce tomate et, pour finir, étalait tout fumants sur la table ou à même le carreau, en convoquant aux agapes les microbes par des diminutifs flatteurs : « Pauvres chéris... Pauvres affamés... *Microbini cari...* »

Devant une chère si succulente, comment ne seraient-ils pas dégoûtés d'avoir élu domicile dans le corps décharné du malade? Il fallait les réhabituer à prendre le chemin de la cuisine. Nuit et jour, aussi bien, Marc devait laisser de copieux restes en évidence. Que la table du banquet soit toujours dressée pour les pauvres chéris! Quand deux mouches, attirées par l'odeur, entrèrent par la fenêtre et voltigèrent entre les monceaux de victuailles, Mme Lavergne trompetta comme un bulletin de victoire ce premier résultat de sa thérapie.

« Seulement, recommanda-t-elle avant de partir, je te le dis encore une fois. N'oublie jamais de mettre la nuit près du lit la miche de pain et la carafe d'eau. Si un de ces pauvres affamés se réveillait avec un creux à l'estomac, il n'aurait pas envie de se cogner dans le noir pour arriver jusqu'à la cuisine... Laisse-leur toujours un en-cas à grignoter. »

Resté seul, Marc écouta le reste des messages, au nombre de neuf.

Les Coignon s'étonnaient de trouver un « barrage » contre leur besoin pressant de nouvelles. Arlette serait bien venue voir Bernard mais elle avait appris que les femmes aussi peuvent être contaminées. Elle attendait confirmation de cette nouvelle étonnante avant de prendre sa décision. Michel s'excusa de devoir remettre sa visite à cause d'un empêchement. Les Poumesse préparaient l'accouchement de leur fille et ne pouvaient pas « faire courir ce risque » à un bébé sans défense. Sophie, d'un ton comminatoire, informa que le dîner était fixé au 7. Une société d'assurances proposait ses services, pour le cas où les pompes funèbres feraient des difficultés. Deux amis, qui avaient pris connaissance de l'entrefilet, communiquaient leur indignation.

Le surprit enfin un appel très long, diffus et survolté de Berkeley. Une Nicole en pleine ébullition claironnait qu'elle croyait se rappeler avoir lu dans le journal, lors de son dernier passage à Paris, cela remontait à pas mal de temps évidemment, la Californie c'était plus loin que Göteborg, mais à part cet inconvénient, tellement plus excitant ! une nouvelle qui pourrait être très importante pour Bernard, pour Marc, pour leurs amis, pour tout le monde. Le malheur était qu'elle ne se souvenait plus dans quel numéro se trouvait l'article et qu'elle devrait attendre son prochain voyage pour entreprendre les recherches nécessaires, à condition que sa sœur n'eût pas jeté les vieux numéros, mais elle ne le croyait pas, non, le danger résidait plutôt dans la...

Sur ce dernier mot, le temps du message épuisé, la bande s'arrêta avec un déclic.

11

AU fil des semaines, les appels s'espacèrent. Puis le téléphone cessa complètement de sonner. Marc errait sans but entre la cuisine et le séjour dont il n'écartait plus les rideaux et n'ouvrait plus les fenêtres. Les meubles recouverts de poussière gisaient dans le silence et l'obscurité.

Il n'aurait su dire à quel moment l'idée avait germé en lui. Peut-être l'initiative était-elle venue de Bernard. Un matin, ses pas le conduisirent bien au-delà de la rue Lepic, dont le marché lui rappela, par les amoncellements de victuailles, par le faste des couleurs, par l'art de planter un œillet entre les pattes de la volaille ou de harnacher les têtes de veau avec des couronnes de persil, l'opulence étalée dans les souks de Palerme. Ô souvenir du bonheur révolu ! Il grimpa jusqu'à Montmartre, acheta sur le parvis de la basilique deux grands cierges identiques à ceux que sa mère avait apportés et qui étaient restés intacts contre le mur du séjour.

Bernard lui demanda de faire un saut jusqu'à la rue de Beaune pour voir si les deux paires de candélabres siciliens en vente chez M. Dunot ornaient toujours la vitrine. Quatre girandoles splendides, soutenues par un hermès. Leurs branches s'enroulaient à des guirlandes de vigne et dessinaient un entrelacs feuillu de pampres, de grappes, de vrilles. Il fallut se procurer, pour ces chefs-d'œuvre de la ferronnerie netine, des bougies d'un modèle plus recherché que les simples chandelles domestiques. Marc se décida pour des bougies noires, à cannelures torsadées. Cierges, candélabres et bougies restèrent pendant plusieurs semaines entreposés dans la pénombre. Ni Bernard ni Marc ne faisaient allusion à ces fournitures dont l'utilité ne paraissait pas évidente.

A la devanture d'un marchand de couleurs, le jeune homme aperçut des rouleaux de papier noir. Mû par une impulsion, il entra dans la boutique et acheta le lot en entier. Le lendemain, il se surprit à couvrir de papier noir une des fenêtres du séjour. Le résultat plut à Bernard, qui l'encouragea à occulter l'autre fenêtre aussi. Puisqu'on n'avait plus envie de les ouvrir ni de faire entrer la lumière, autant jouir de l'effet produit par les ténèbres. Au milieu de la pièce plongée maintenant dans le noir, Marc tira leur ancien lit. Et, pour donner plus de majesté au décor, il planta les quatre cierges aux quatre coins du lit, et les quatre girandoles aux quatre angles de la pièce.

Lui-même, bien que le bureau de Bernard eût été libre, dormait sur un lit de camp qu'il dressait la nuit dans le couloir. Bernard, qui occupait toujours leur ancienne chambre à coucher, essaya par jeu, une fois, de se coucher sur le grand lit au milieu du séjour. Marc l'aida à s'étendre et poussa près du lit le plus confortable de leurs fauteuils. Il avait laissé la porte entrouverte, par où un peu de lumière filtrait. Ils recommencèrent l'expérience, cette fois à huis clos. Eclairés par une seule bougie qui épaississait la pénombre, ils restèrent immobiles, l'un étendu sur le lit, l'autre renversé dans le fauteuil.

Ils ne recevaient plus aucune visite et Marc n'avait dit à personne comment ils passaient désormais leurs journées. M. Morin avait emmené sa femme finir leur vie dans leur maison des Landes. Mme Lavergne, pour obéir à son fils aîné, et découragée par l'insuccès de sa cure, ne venait plus rue de Douchy. Personne n'entra dans la pièce aux fenêtres noires, personne ne mit en garde les deux amis contre une telle mise en scène, où les quatre cierges entouraient le lit comme un catafalque au milieu d'une église.

Marc eût souri de l'avertissement. Pour lui ce décor n'était nullement funèbre, pas plus que l'agave de Sicile qui succombe après s'être épanoui et meurt de son épanouissement, par impossibilité de dépasser le sommet déjà atteint, par désespoir de retomber de cette hauteur splendide, n'est une image de l'échec.

Le jeune homme, quand il se rappelait sa manière de penser avant la maladie de Bernard, se rendait compte qu'il avait beaucoup changé. Il essayait de se demander en quoi; cet effort même lui paraissait superflu; et, favorisé par les ténèbres où les bougies allumaient des lueurs et soulevaient des spectres, il s'abandonnait à une apathie indolore, où défilaient des souvenirs de voyage, les nuits étoilées du Sud, les plages de Portopalo et la pleine lune sur la falaise, de vagues suppositions sur l'influence des astres, un mélange de rêveries et de superstitions.

Un jour qu'il somnolait ainsi, on sonna avec véhémence à la porte. Plus pour faire taire ce vacarme dont Bernard aurait pu s'inquiéter que par désir d'ouvrir, Marc se dirigea vers l'entrée. Par l'œil, il aperçut Nicole, le nez rouge et humide.

Elle brandissait d'une main une coupure de journal, de l'autre tripotait son mouchoir. En voyant les traits tirés, amaigris, la mine pâle du jeune homme elle refréna sa pétulance. Elle l'embrassa sur les deux joues et posa sur lui un regard mouillé, pour qu'il pût lire dans ses yeux la ferveur d'une amitié sans restrictions.

« Comment va-t-il ? J'ai tout suivi de là-bas. Quel désastre ! Un si beau talent !

– Je ne peux vous recevoir que dans la cuisine, dit Marc.

– Aucune importance. Ne vous inquiétez pas pour si peu. Oh ! nous devons nous tutoyer, mon cher Marc, s'exclama-t-elle, soulevée par un élan de sympathie, tout en se tamponnant le nez.

– Robert est à Paris avec vous ?

– Ne me parle plus de lui ! Je divorce, c'est décidé.

– Vous divorcez ? demanda Marc, amusé malgré lui.

– J'ai failli partir déjà, le jour où il a su pour Bernard et où il m'a dit... Non, je ne peux pas répéter ce qu'il a dit.

– Je le devine, fit Marc.

– Mais maintenant, reprit-elle en étalant la coupure sur la table, j'ai la preuve que c'est un imbécile. »

Elle s'interrompit dans son geste, pour se pendre à nouveau au cou du jeune homme et s'écrier, soudain joyeuse :

« Je savais bien que Bernard n'aurait jamais pu te faire ça ! Mais quand même, je préfère tenir une preuve ! L'autre jour, à Berkeley – un autre climat qu'ici, entre parenthèses : à peine débarquée à Roissy, un de ces rhumes, mon chou ! –, à Berkeley donc, un papier que j'avais parcouru m'est revenu à l'esprit... Et je l'ai retrouvé ! poursuivit-elle en agitant l'article découpé dans le journal. Tu sais qu'il y a cinq ans Bernard a été soigné, pour un accident de chasse, à l'hôpital de Chinon. Robert lui avait tiré une balle dans la cuisse. Super-hémorragie, double transfusion, tout le tintouin. Or il a été établi que le lot de sang dont disposait cet hôpital était contaminé par le virus du sida. Tous ceux qui ont été opérés à cette époque à Chinon et à qui on a fait une transfusion sont aujourd'hui dans le pétrin. Quel dommage que nous n'ayons pas le cœur à rire, mon chou! Mon âne de mari, et ses airs indignés, et son « Trop c'est trop! »... Mais c'est lui-même qui a flanqué le sida à Bernard! Je comprends que tu sois estomaqué, et ne répondes pas tout de suite... Prends ton temps, il faut que je me mouche. Les conséquences de cette nouvelle sont énormes, fa-ra-mi-neuses! ajouta-t-elle en déployant son mouchoir. D'abord tu dois être drôlement content de te dire que Bernard ne t'avait pas fait ça... Oh! tu étais sûr de lui, sans doute, mais une preuve certaine, mathématique, qui balaie les derniers soupçons... »

Elle se tut, car Marc, loin de paraître content, relisait pour la deuxième fois la coupure d'un air méfiant, comme s'il refusait de prêter foi à cette information.

« Vous croyez que c'est vrai? dit-il en relevant la tête.

– Le fait est prouvé, archiprouvé. Bernard est innocenté! »

Sans pouvoir contenir plus longtemps l'effusion dont débordait son cœur, elle repoussa sa chaise et embrassa pour la troisième fois son chou.

Elle se moucha ensuite avec un bruit de trompette.

« Ce que je vais te dire ne nous concerne pas, évidemment, mon cher Marc. Mais enfin, nous ne pouvons pas nous cacher que cette affaire du sida avait porté un rude coup à la réputation de Bernard. Tu sais comment sont les gens... Ils pensent comme Robert : " Trop c'est trop! " Son œuvre même risquait d'en pâtir... Le beau style jeté comme un écran de fumée... Et d'autres propos désobligeants. " Il nous a menés par le bout du nez, avec ses poses romantiques. Voyez-vous ça! " Mais peu importe, tu as raison, fit-elle en notant un geste d'impatience de Marc. Je pense à tous ses amis, qui ont pu être un peu... désorientés, en apprenant que Bernard s'était fourré dans ce pétrin... Je pense à sa mère, à son père... Quel soulagement pour tous, quelle joie de se dire : il est innocent! Nous pouvons nous remettre à l'aimer, à l'admirer... »

Elle rapprocha sa chaise, posa son mouchoir sur la table et s'empara de la main du jeune homme qu'elle pressa dans les siennes.

« Le plus important, bien sûr, c'est Bernard lui-même. Se voir abandonné par ses amis, boycotté par ses lecteurs, mourir dans le sentiment qu'on est un réprouvé, quelle fin horrible... Tu vas lui porter cet article où il apprendra qu'il est victime d'un stupide accident, d'un hasard de distribution de flacons... Rien d'autre... Le voilà disculpé aux yeux du monde... C'est en somme une erreur judiciaire, réparée à temps... On l'a condamné pour un crime qu'il n'avait pas commis.

– Je ne lui porterai pas cet article, dit Marc.

– Mais le fait est prouvé, archiprouvé, répéta Nicole, se méprenant sur la réaction du jeune homme.

– Ecoutez, Nicole. Il y a des semaines que je n'adresse plus la parole à personne, que je n'ai personne à qui me confier. Vous étiez une bonne amie de Bernard. Faites l'effort de comprendre que pour lui, savoir qu'il meurt d'un accident, d'un hasard, ce serait une découverte affreuse. Quand je vous ai vue, ma première pensée a été : " Oh! enfin une visite! Comme Bernard sera heureux! " Eh bien non, Nicole, il ne faut pas que vous alliez l'embrasser. Je ne lui dirai même pas que vous êtes venue. Il a besoin de se dire qu'il est abandonné par tous, que le monde lui est hostile et qu'il meurt en paria. Si vous lui ôtez cette conviction, vous enlevez tout sens à sa maladie, et il mourra vraiment désespéré.

– Mais c'est absurde, mon petit Marc! J'espère que vous le secouez de ces idées qui n'ont pas le sens commun! Je me remets à te vouvoyer... Tu vas me rendre folle! Si tu continues, je repars illico pour la Californie! »

Comme s'il n'avait pas entendu, Marc poursuivit, absorbé dans l'effort de choisir ses mots :

« Bernard n'est pas taillé à notre mesure. Non seulement il ne cherche pas à être acquitté, mais il supplierait le tribunal de ne pas le renvoyer libre. Laissons-le croire que le monde le juge coupable et le condamne. Qu'il meure avec l'illusion d'avoir contrevenu à ses lois, c'est le plus beau cadeau que nous puissions lui faire. »

Il leva les yeux vers Nicole.

« Bernard avait beaucoup d'amis, beaucoup de succès, le fait de vivre comme il vivait, au su et au vu de tous, ne lui fermait aucune porte....

– Il avait contribué par son œuvre à faire reconnaître vos droits...

– Mais depuis que les portes se sont refermées...

– Eh bien? »

Marc secoua la tête.

« Non, Nicole, c'est impossible à expliquer. Le

sida a été pour lui quelque chose de... de providentiel, qui l'a réconcilié avec lui-même. Après s'être éparpillé à la poursuite du bonheur, de la réussite, il a retrouvé son unité, sa vérité profonde dans la maladie, l'exclusion, la solitude, le secret. »

Nicole ne répondit pas tout de suite.

« C'est terrible, dit-elle, en reprenant son mouchoir. Je comprends. Enfin je ne comprends pas. De telles idées sont trop éloignées de mon caractère.

– Elles étaient éloignées du mien également. »

Il fit une pause.

« Une des grandes pensées de Bernard, reprit-il, c'est qu'une société ne peut continuer à se développer et à s'épanouir qu'en sacrifiant certains de ses membres, à intervalles réguliers, dans une cérémonie rituelle.

– Alors, dit Nicole au bout d'un long silence coupé de reniflements, je remporte l'article ?

– C'est l'heure de la piqûre, dit Marc après un coup d'œil à la pendule.

– Tu dois être un infirmier modèle ! S'il avait eu une chance de guérir, tu aurais été son sauveur... Au revoir, mon cher Marc, appelle-moi. »

Le jeune homme n'avait pas oublié qu'on était le 12 du mois. Plus un instant à perdre s'il voulait profiter du jour où, selon ses calculs, le soleil entrait dans un angle de 120 degrés avec la lune, gage d'harmonie entre les deux astres qui gouvernaient leurs deux signes. Bernard était né Lion, Marc Cancer. Au signe du feu, dominateur et ami de l'excellence, correspondait le signe féminin, rêveur et sensible de celui qui savait admirer en silence et entourer de sa tendresse la forte personnalité de son vainqueur.

Pour meubler ses journées sans fin, le jeune homme s'était mis à étudier l'astrologie. Il eût ri autrefois de se prêter à des croyances aussi puériles. La prétention de l'esprit humain à gouverner le monde lui faisait maintenant pitié. A l'heure où son ami se libérait des attaches qui le retenaient à la terre, Marc pouvait-il rester enfermé dans le cadre étriqué de la raison et du droit? La tendance positive qu'il avait reçue de son père céda au penchant pour la magie transmis par le sang maternel. Il se fit végétarien, non seulement par animosité contre la profession exercée par M. Rignault, mais pour abdiquer, dans cette embardée vers l'absurde, ses dernières convictions rationnelles. Dans le même but, il se réserva le lundi pour se couper les ongles, le jeudi pour se laver les cheveux, et distribua le reste de la semaine en petites tâches inutiles auxquelles leur régularité conférait la dignité liturgique des gestes du prêtre à l'autel.

« Midi moins dix », se dit-il en sortant du réfrigérateur l'étui procuré en vingt-quatre heures par Laronde. Xavier avait eu l'élégance de ne poser aucune question, de n'élever aucune protestation. « A une heure pile la conjonction sera la plus favorable. » Planètes, ascendants, carrés, sextiles, trigones lui étaient devenus familiers, depuis que, ne craignant plus de s'abandonner à l'aspect ésotérique de l'univers, il avait trouvé ce moyen pour accompagner Bernard dans son voyage mystérieux.

La spéculation sur les astres l'envoûta complètement. Si les puissances du ciel avaient prédisposé la rencontre sur terre du Lion et du Cancer, l'union de leurs deux signes ne devait pas cesser avec leur vie, mais s'inscrire comme une constellation nouvelle au zénith du firmament.

Il choisit un plateau d'argent, remplit la seringue, entra dans le séjour. Bernard, qui avait passé une très mauvaise nuit, était étendu, les yeux clos, sur le lit. Marc alluma les quatre candélabres aux quatre coins de la pièce. Les guirlandes, les pampres, les grappes, les vrilles s'animèrent à la lueur dansante des chandelles et inscrivirent sur le mur l'ombre tarabiscotée de leurs volutes.

Penché au bord du lit, le jeune homme constata une ultime détérioration. La chair s'était affaissée partout où l'os ne la tendait pas comme un parchemin racorni. Les lèvres avaient disparu, mangées par l'érosion intérieure. Et pourtant, sur ce visage en ruine régnaient la douceur et la paix. Ni grimace amère ni crispation douloureuse n'entamaient ce calme. Comme si elle avait entendu ses protestations contre la platitude et la banalité de la vie, la tragédie, revenue sur terre à l'appel de Bernard, avait saccagé de fond en comble sa maison. Il contemplait les pans démantelés, les décombres, avec la tranquillité d'un esprit délivré.

Le Lion et le Cancer avaient conjugué, dans un heureux bouquet d'influences, leurs énergies et leurs rayons. De cette plénitude même était né le germe destructeur, et maintenant, au dénouement qui approchait, ne manquait plus que l'apothéose.

Marc s'employa à régler les derniers détails. Il vérifia l'obturation des fenêtres et se servit des chutes de papier noir pour boucher les interstices. Puis, entre deux coups d'œil à sa montre, il sortit de la pièce et entassa dans le couloir tous les meubles, y compris le grand fauteuil, sauf le lit. Il décrocha les tableaux, enleva les livres, les bibelots et tous les autres objets qu'il entreposa dans leur ancienne chambre à coucher. Il ferma à double tour la porte intérieure du séjour et laissa la clef dans la serrure. A une heure moins dix, il dégagea les mèches des quatre grands cierges. A une heure moins cinq il y mit le feu. Elles vacillèrent d'abord, puis prirent leur élan dans une crépitation odorante. Les flammes des bougies aux quatre angles de la pièce, et des cierges aux quatre coins du lit, projetaient sur les murs nus une blanche clarté surnaturelle.

A une heure moins deux Marc fit disparaître le plateau sous le lit, ne gardant dans sa main que la seringue. Il se coucha à côté de Bernard et chercha la veine usée par les goutte-à-goutte. Il éleva la seringue dans le jet de lumière qui tombait du cierge le plus proche. Le liquide rose traversé par le rayon s'irisa de diaprures chatoyantes.

La dose était suffisante pour les guérir tous les deux.

Stromboli, 27 juin,
Agrigente, 1er septembre 1986.

DU MÊME AUTEUR

Romans :

L'ÉCORCE DES PIERRES, 1959, Grasset.
L'AUBE, 1962, Grasset.
LETTRE À DORA, 1969, Grasset.
LES ENFANTS DE GOGOL, 1971, Grasset.
PORPORINO OU LES MYSTÈRES DE NAPLES, 1974, Grasset et Livre de Poche.
L'ÉTOILE ROSE, 1978, Grasset et Livre de Poche.
UNE FLEUR DE JASMIN À L'OREILLE, 1980, Grasset.
SIGNOR GIOVANNI, 1981, Balland.
DANS LA MAIN DE L'ANGE, 1982, Grasset et Livre de Poche.
L'AMOUR, 1986, Grasset et Livre de Poche.

Opéra :

LE RAPT DE PERSÉPHONE, 1987, Dominique Bedou.

Voyages :

MÈRE MÉDITERRANÉE, 1965, Grasset et Livre de Poche.
LES ÉVÉNEMENTS DE PALERME, 1966, Grasset.
AMSTERDAM, 1977, le Seuil.
LES SICILIENS, 1977, Denoël (en collaboration avec Ferdinando Scianna et Leonardo Sciascia).
LE PROMENEUR AMOUREUX, *de Venise à Syracuse*, 1980, Plon.
LE VOLCAN SOUS LA VILLE, *promenades dans Naples*, 1983, Plon.
LE BANQUET DES ANGES, *l'Europe baroque de Rome à Prague* (Photographies de Ferrante Ferranti), 1984, Plon.
BUDAPEST, 1986, Éditions Autrement.
LE RADEAU DE LA GORGONE, *promenades en Sicile* (Photographies de Ferrante Ferranti), 1988, Grasset.

Essais :

LE ROMAN ITALIEN ET LA CRISE DE LA CONSCIENCE MODERNE, 1958, Grasset.
L'ÉCHEC DE PAVESE, 1967, Grasset.
IL MITO DELL'AMERICA, 1969, Edizioni Salvatore Sciascia (Rome).
L'ARBRE JUSQU'AUX RACINES, *Psychanalyse et création*, 1972, Grasset.
EISENSTEIN, *L'Arbre jusqu'aux racines II*, 1975, Grasset et Ramsay-Poche-Cinéma.
LA ROSE DES TUDORS, 1976, Julliard.
INTERVENTI SULLA LETTERATURA FRANCESE, 1982, Matteo (Trévise).

Traductions :

UNE ÉTRANGE JOIE DE VIVRE ET AUTRES POÈMES, de Sandro Penna, 1979, Fata Morgana.
L'IMPRÉSARIO DE SMYRNE, de Carlo Goldoni, 1985, Éditions de la Comédie-Française.

Biblio

Sherwood ANDERSON
Pauvre Blanc
« Je m'en vais, je m'en vais pour être un homme parmi les hommes. »

Miguel Angel ASTURIAS
Le Pape vert
« Le costume des hommes libres, voilà le seul que je puisse porter. »

Adolfo BIOY CASARES
Journal de la guerre au cochon
« "Ce n'est pas pour rien que les Esquimaux ou les Lapons emmènent leurs vieux en pleine neige pour qu'ils y meurent de froid", dit Arévalo. »

Karen BLIXEN
Sept contes gothiques *(nouvelles)*
« Car en vérité, rêver c'est le suicide que se permettent les gens bien élevés. »

Mikhaïl BOULGAKOV
La Garde Blanche
« Oh ! Seul celui qui a déjà été vaincu sait ce que signifie ce mot. »

Le Maître et Marguerite
« Et quelle est votre spécialité ? s'enquit Berlioz.
— La magie noire. »

André BRETON
Anthologie de l'humour noir
Allais, Crevel, Dali, Jarry, Kafka, Poe, Sade, Swift et beaucoup d'autres.

Erskine CALDWELL
Les Braves Gens du Tennessee
« Espèce de trousseur de négresses ! Espèce d'obsédé imbécile !... Un baiseur de négresses ! C'est répugnant, c'est... »

Italo CALVINO
Le Vicomte pourfendu
« ... mon oncle ouvrait son unique œil, sa demi-bouche, dilatait sa narine... Il était vivant et pourfendu. »

Elias CANETTI
Histoire d'une jeunesse - *La langue sauvée*
« Il est vrai qu'à l'instar du premier homme, je ne naquis qu'après avoir été chassé du paradis. »

Histoire d'une vie - *Le flambeau dans l'oreille*
« Je m'incline devant le souvenir... et je ne cache pas les craintes que m'inspirent ceux qui osent le soumettre à des opérations chirurgicales.. »

Les Voix de Marrakech
« Trois fois je me suis trouvé en contact avec des chameaux et, chaque fois, cela s'est terminé de façon tragique. »

Blaise CENDRARS
Rhum
« Je dédie cette vie aventureuse de Jean Galmot aux jeunes gens d'aujourd'hui fatigués de la littérature. »

Jacques CHARDONNE
Les Destinées sentimentales
« Il y a en France une grande variété de bourgeois ; j'ai choisi les meilleurs ; justement je suis né chez eux. »

L'Amour c'est beaucoup plus que l'amour
« J'ai choisi, dans mes livres, des phrases qui ont l'air d'une pensée... »

Joseph CONRAD et Ford MADOX FORD
L'Aventure
« Partir à la recherche du Roman... c'est un peu comme essayer d'attraper l'horizon. »

René CREVEL
La Mort difficile
« Pierre s'en fout. Pierre est libre. Sa liberté, à lui, sa liberté s'appelle la mort. »

Iouri DOMBROVSKI
La Faculté de l'inutile
« Que savez-vous de notre vérité ? »

Lawrence DURRELL
Cefalù
« ... la signification profonde de toute sa vie allait peut-être se dégager de cette épouvantable aventure. Mais laquelle ? »

Friedrich DÜRRENMATT
La Panne
« Curieux et intrigué, Traps s'enquit du crime dont il aurait à répondre. "Aucune importance !... Un crime on en a toujours un !" »

Jean GIONO
Mort d'un personnage
« Elle est si près de la mort maintenant qu'elle doit déjà entendre les bruits de l'autre côté. »

Le Serpent d'étoiles
« On aura trouvé, dans les pages précédentes, l'obsession de l'eau et de la mer : cela vient de ce qu'un troupeau est une chose liquide et marine. »

Henry JAMES
Roderick Hudson
« On nous dit que le vrai bonheur consiste à sortir de soi-même ; mais il ne suffit pas d'en sortir ; il faut rester dehors. »

La Coupe d'Or
« "Ma Coupe d'Or", prononça-t-il... Il laissa cette pièce remarquable, car certainement elle était remarquable, *produire son sûr effet. »*

Le Tour d'écrou
« ... et puis ce fut sa face pâle de damné qui s'offrit à ma vue, collée à la vitre et dardant sur l'intérieur de la chambre ses prunelles hagardes. »

Ernst JÜNGER
Jardins et routes
« ... dans la littérature, le journal est le meilleur médium. Dans l'état totalitaire, il reste le seul mode de discussion possible. »

Premier journal parisien

« Tandis que le crime se répandait sur la terre comme une peste, je ne cessais de m'abîmer dans le mystère des fleurs ! Ah ! plus que jamais, gloire à leurs corolles... »

Second journal parisien

« 1944 — Pendant la nuit, raids aériens et violentes canonnades... Terminé Passe-temps *de Léautaud. »*

Ismaïl KADARÉ

Avril brisé

« "Oui, maintenant... nous sommes bien entrés dans le royaume de la mort", dit Bessian. »

Franz KAFKA

Journal

« Il faut qu'une ligne au moins soit braquée chaque jour sur moi comme on braque aujourd'hui un télescope sur les comètes. »

Yasunari KAWABATA

Les Belles Endormies

« Sans doute pouvait-on appeler cela un club secret... »

Pays de neige

« ... ce blanc qui habitait les profondeurs du miroir, c'était la neige, au cœur de laquelle se piquait le carmin brillant des joues de la jeune femme. »

La Danseuse d'Izu *(nouvelles)*

« Peut-être un jour l'homme fera-t-il marche arrière sur le chemin qu'il a parcouru. »

Le Lac

« Plus repoussante était la femme et mieux elle lui permettait d'évoquer le doux visage de Machié. »

Kyoto

« Et puis, cette jeune montagnarde disait qu'elles étaient jumelles... Sur son front, perla une sueur froide. »

Le Grondement de la montagne

« J'ai des ennuis avec mes oreilles ces temps-ci. Voici peu, j'étais allé prendre le frais la nuit sur le seuil de la porte, et j'ai entendu un bruit, comme si la montagne grondait. »

Andrzej KUSNIEWICZ

L'État d'apesanteur

« Cela commença le 31 janvier vers six heures et demie du matin... par une brusque explosion... Je restais en suspens... dans une sorte d'apesanteur psychique, proche par moments de l'euphorie. »

Pär LAGERKVIST

Barabbas

« Que faisait-il sur le Golgotha, lui qui avait été libéré ? »

D.H. LAWRENCE

L'Amazone fugitive *(nouvelles)*

« La vie n'est supportable que si l'esprit et le corps sont en harmonie... et que chacun des deux a pour l'autre un respect naturel. »

Le Serpent à plumes

« Les dieux meurent en même temps que les hommes qui les ont créés, mais la divinité gronde toujours, ainsi que la mer... »

Sinclair LEWIS

Babbitt

« ... il avait, en ce mois d'avril 1920, quarante-six ans et ne faisait rien de spécial, ni du beurre, ni des chaussures, ni des vers... »

Carson McCULLERS

Le Cœur est un chasseur solitaire

« Il se sentait le cœur malade d'un amour irrité, inquiet. »

Reflets dans un œil d'or

« Il y a un fort, dans le Sud, où il y a quelques années un meurtre fut commis. »

La Ballade du café triste *(nouvelles)*

« La ville même est désolée... C'est ici pourtant, dans cette ville, qu'on trouvait autrefois un café. »

L'Horloge sans aiguilles

« Lui, qui n'avait jamais fait un mauvais placement, avait investi dans l'éternité. »

Thomas MANN

Le Docteur Faustus

« Je n'ai aimé aucun de mes personnages autant que celui-ci. »

Henry MILLER

Un Diable au paradis

« ... un incurable dandy menant la vie d'un clochard. »

Le Colosse de Maroussi

« Debout dans le tombeau d'Agamemnon, j'ai vraiment passé par une seconde naissance. »

Max et les phagocytes

« Il y a des gens qu'on appelle tout de suite par leur petit nom. Max est de cette espèce. »

Vladimir NABOKOV

Ada ou l'ardeur

« ... chronique familiale, quatre-vingt-dix-sept pour cent de vérité, trois pour cent de vraisemblance. »

Anaïs NIN

Journal 1 - *1931-1934*

« Le journal est mon kif, mon haschich, ma pipe d'opium, ma drogue et mon vice. »

Joyce Carol OATES

Le Pays des merveilles

« ... et il reprenait une vie normale. Il reprenait son déguisement de jeune homme normal. »

Liam O'FLAHERTY

Famine

« "... Je ne suis pas encore affamée au point d'aller mendier de la soupe aux protestants !" s'exclama Sally. »

Luigi PIRANDELLO

Feu Mathias Pascal

« Car pour le moment... je suis mort, oui, déjà deux fois, mais la première par erreur, et la seconde... vous allez voir. »

Augusto ROA BASTOS

Moi, le Suprême

« Moi, Dictateur Suprême de la République, j'ordonne... »

Joseph ROTH
Le Poids de la grâce
« Le cœur de l'homme est insatiable... A peine un miracle vient-il de s'accomplir qu'il lui en faudrait déjà un nouveau. »

Raymond ROUSSEL
Impressions d'Afrique
« Vers quatre heures, ce 25 juin, tout semblait prêt pour le sacre de Talou VII, empereur du Ponukélé, roi du Drelchkaff. »

Arthur SCHNITZLER
Vienne au crépuscule
« J'admire en général tous les gens qui sont capables de risquer autant pour une cause qui, au fond, ne les concerne pas. »

Isaac Bashevis SINGER
Shosha
« Je ne crois pas en Dieu. Mais je reconnais qu'il existe là-haut une main qui guide notre monde... une main vicieuse, une main sanglante... »

Le Blasphémateur
« "Et qui a créé le monde ? demandai-je.
— Et qui a créé Dieu ?" répliqua Chakele. »

Le Manoir
« Oui ce monde du dehors était vaste, libre et moderne, tandis que lui-même restait enterré en Pologne. "Je dois sortir d'ici avant qu'il ne soit trop tard", pensa Zipkin »

Le Domaine
« L'homme a-t-il réellement un devoir à remplir ? N'est-il pas simplement une vache qui a besoin de paître jusqu'à ce qu'elle meure ou qu'elle soit tuée ? »

Robert Penn WARREN

Les Fous du roi

« ... Je l'écraserai. Des tibias jusqu'aux clavicules, coups aux reins et sur la nuque et au plexus solaire, et uppercuts. Et peu importe avec quoi je frappe. Ou comment ! »

Virginia WOOLF

Orlando

« Hier matin j'étais au désespoir... Finalement, j'ai trempé ma plume dans l'encre et écrit presque machinalement : "Orlando, une biographie". »

Les Vagues

« J'espère avoir retenu ainsi le chant de la mer et des oiseaux... la vie elle-même qui s'écoule. »

Mrs. Dalloway

« Alors vint le moment le plus délicieux de sa vie : Sally s'arrêta, cueillit une fleur et l'embrassa sur les lèvres. »

La Promenade au phare

« ... la grande assiettée d'eau bleue était posée devant elle ; le Phare austère et blanc de vieillesse se dressait au milieu, très loin... »

La Chambre de Jacob

« Je progresse dans Jacob *— le roman le plus amusant que j'aie jamais fait, je crois — amusant à écrire s'entend. »*

Années

« "C'est inutile, coupa-t-elle... Il faut que l'instant présent s'écoule. Il faut qu'il passe. Et après ?" »